악마의 비밀 레시피

악마의 비밀 레시피

부연정 장편소설

(주)자음과모음

차례

악마의 레시피

얼마 전까지 꽃샘추위가 맹위를 떨치더니, 어느새 뺨에 닿는 볕이 노곤한 고양이처럼 따뜻해졌다. 봄이라고 떠들어댄 지는 꽤 오래되었으나, 이제야 봄이 시작된 듯했다. 대한민국의 사계절이 봄여어어어름갈거어어울이라는 사실을 떠올리면 온화한 계절을 만끽하기도 전에 여름이 올 테지만.

"괜히 패딩 입고 나왔네."

머리를 벅벅 긁으며 밖으로 나온 남자가 꽁꽁 잠가 놓았던 지퍼를 열었다. 해가 중천에 떴는데도 밤을 꼬박 새운 탓에 눈이 제대로 떠지지 않았다. 남자는 슬리퍼를 질질 끌며 비몽사몽간에 걸음을 내디뎠다.

"열두 시까지만 하고 잘걸, 괜히 승강전에 불타서. 아, 배고파. 일단 편의점에서 라면이랑 김밥 좀 때리고, 이력서를…… 어?"

모퉁이를 돌며 하품을 하던 남자가 두 눈을 동그랗게 떴다. 있어야 할 편의점이 보이지 않았기 때문이다. 주위를 두리번거리던 남자는 곧 어떻게 된 영문인지 알겠다는 듯 코끝을 찡그렸다.

"에이, 이다음 골목인데."

잠이 덜 깬 탓에 한 블록 앞에서 방향을 꺾은 모양이다. 왔던 길을 향해 몸을 돌리던 남자가 다시 눈을 치떴다. 골목 끝에 낯선 가게가 보였다.

"어? 며칠 전까지만 해도 빈집이었는데, 언제 저런 가게가 생겼지?"

유동 인구가 많지 않은 주택가 속 가게는 영 생뚱맞게 느껴졌다. 남자는 가늘게 뜬 눈으로 유심히 가게를 살폈다. 뭘 파는 곳인지 궁금하기도 했고, 이런 자리에 가게를 낸 멍청한 사람이 누구인지 궁금하기도 했다.

가게의 외양은 전체적으로 깔끔한 카페 느낌이 났다. 하얀 벽에 나무로 만든 문이 났고, 지붕에는 검은색 차양이 드리워져 있었다. 반쯤 열린 창문 너머로 작은 화분 세 개가 보였다. 붉은색 꽃이 핀 제라늄이었다.

남자의 표정이 금세 심드렁한 빛을 띠었다. 모르긴 몰라도, 요즘 SNS에서 유행한다는 카페가 딱 저런 분위기다. 아는 사람만 알음알음 찾아가는, 맛집인 척하는 카페.

"이 동네도 시끄러워지는 거 아냐?"

불만스럽게 중얼거린 남자가 가게에서 등을 돌리려다 멈칫했다. 때마침 문이 열리며 가게 안에서 한 사람이 걸어 나왔다. 허리에 검은색 앞치마를 질끈 동여맨 주인이 칠판 모양의 입간판을 가게 앞에 내려놓았다.

"음?"

남자는 고개를 갸웃거렸다. 가게 주인이라고 하기엔 지나치게 어린 듯했다. 열대여섯 살쯤? 소년은 뭔가 마음에 들지 않는지 입간판을 이리저리 옮겼다. 그러다 이윽고 만족스러운 미소를 지으며 손바닥을 탁탁 털었다.

"어? 안녕하세요?"

뒤늦게 남자를 발견한 소년이 친절하게 인사를 건넸다. 남자는 뒷머리를 긁적이며 "어, 예, 뭐……" 하고 어색하게 대답했다.

힐끗. 남자의 시선이 입간판을 향했다. 검은색 칠판에는 흰색 분필로 딱 여섯 글자가 적혀 있었다.

"악마의 레시피?"

그 말에 소년이 싱긋 웃었다.

"예, 오늘 개업했어요. 시간 되시면 식사하러 오세요."

"카페가 아니라 식당이에요?"

"예."

탐탁잖은 눈으로 가게 외관을 훑던 남자가 "뭘 파는 식당이에요?" 하고 물었다. 빌라와 단독 주택이 다닥다닥 붙어 있는 이곳엔 변변한 식당 하나 없다. 제대로 된 식사를 하려면 지하철역이 있는 곳까지 걸어가야 한다. 도보 십 분. 그것이 남자가 컵라면과 삼각김밥으로 끼니를 때우려 하는 이유였다.

'이왕이면 돈가스나 제육볶음이면 좋겠는데. 그럼 일주일에 한두 번 정도는 올 생각이 있는데.'

소년은 그 질문을 기다렸다는 듯 환한 미소를 지었다.

"손님이 원하는 건 뭐든 만들어 드립니다!"

"흠……."

왠지 모르게 수상한 대답이었다. 아무리 생각해도 자신의 취향일 것 같지는 않았다. 남자는 소년에게 슬쩍 눈인사를 건네고 발길을 돌렸다.

"예, 다음에 올게요."

그렇게 말하면서도 남자는 자신이 저 식당에 갈 일은 없을 거란 사실을 알고 있었다.

"차라리 컵라면에 삼각김밥 하나 먹는 게 낫지."

작게 혼잣말을 하며 발걸음을 떼려는데, 등 뒤에서 낯선 목소리가 "작은 주인님!" 하고 외쳤다.

"이렇게 무거운 간판을 직접 옮기시다니요? 이런 건 절 시키시라니까요."

"이 정돈 나 혼자 할 수 있어."

"주인님께서 아시면 제가 혼납니다."

"그보다 방금 손님 한 명을 놓쳤어. 문을 열자마자 손님이 와서 운이 좋다고 생각했는데."

"감히 작은 주인님을 실망시킨 인간이 누굽니까? 설마 저기 저 무력함과 게으름으로 똘똘 뭉친 남잡니까?"

'이건 또 무슨 소리야?'

남자는 괜히 뜨끔했다. 어디서 자주 듣던 말이다 싶었는데, 엄마가 하는 잔소리와 똑같았다. 마음이 찝찝해져 힐끔, 뒤를 돌아보았다.

"응?"

그러나 낯선 목소리의 주인공은 보이지 않았다. 소년의 머리 위를 맴도는 까마귀 한 마리가 무시무시한 눈으로 자신을 노려보고 있을 뿐.

"알 게 뭐야. 편의점이나 가자. 아으, 배고파."

남자는 한 손으로 배를 문지르며 걸음을 서둘렀다. 또다시 등 뒤에서 "걱정하지 마십시오, 제가 손님을 물어 오겠습니다!"라는 말이 들렸지만, 이번엔 돌아보지 않았다.

다음 블록에서 모퉁이를 돈 남자가 편의점 문을 열었다.

달랑!

"어서 오세요."

아르바이트생이 고개도 들지 않고 영혼 없는 인사를 건넸다. 남자도 대충 머리만 끄덕이곤 진열대 앞으로 걸어갔다. 이력서를

쓸 때보다 진지한 표정으로 무엇을 먹을지 고민하다 마침내 참치
마요 삼각김밥을 쥐곤 회심의 미소를 지었다.

"식당 이름이 '악마의 레시피'가 뭐야."

남자는 혼잣말을 구시렁거리며 한 TV 프로그램을 떠올렸다.
유명한 사업가가 망해 가는 식당들이 모인 골목을 방문해 조언하
고, 식당을 개조하는 프로그램이었다.

"거기 나가면 당장 가게 이름부터 바꾸라고 하겠는데? 게다가
손님이 원하는 음식은 뭐든 만들어 준다고? 첫 방송에 빌런 등극
이다."

남자는 얼큰한 김치 맛 라면을 고른 후 계산대로 이동했다.

"그나저나 첫날부터 까마귀가 꼬이다니, 한 달도 못 가서 망하
는 거 아냐? 그래도 이 동네 유일한 식당인데."

아르바이트생이 혼자 구시렁거리는 남자를 이상한 눈으로 바
라보았다. 그 시선을 눈치챈 남자가 머쓱한 표정으로 유리문 밖
을 내다보았다. 은백색 햇살이 세상을 선명하게 밝히고 있었다.

만년 오등의 떡볶이

두근두근.

세상은 물에 잠긴 듯 고요했고, 귀에 들리는 것은 심장이 뛰는 소리뿐이었다. 세현은 온 신경을 곤두세웠다. 심장은 점점 더 빠르게 뛰었다. 이러다 풍선처럼 빵, 하고 터지는 게 아닐까라는 생각이 든 순간.

탕!

출발 신호가 울렸다. 몸이 반사적으로 튕겨 나갔다. 포물선을 그리며 비상한 세현은 풍덩, 하는 소리와 함께 수면 아래로 가라앉았다.

200미터. 누군가에겐 길고, 누군가에겐 짧을 레이스가 시작되었다. 인어처럼 물속을 가로지르던 세현이 수면 위로 뻗은 두 팔을 힘껏 휘저었다. 옆 레인에서도 비슷한 속도로 하얀 물보라가

일었다.

"푸하! 푸하!"

고개를 젖히며 규칙적으로 숨을 토해 냈지만, 쪼그라든 폐는 평소처럼 빵빵하게 부풀지 않았다. 조금씩 숨이 가빠졌다.

50미터 반환점 앞에서 동그랗게 몸을 말고 강하게 벽을 찼다. 잔뜩 웅크렸던 몸이 펴지며 총알처럼 물살을 뚫고 나갔다.

'좋아!'

세현은 속으로 쾌재를 불렀다. 오늘은 아침부터 몸이 가벼웠다. 손끝에 닿는 물살도 묵직하고, 속도도 평소보다 빠른 것 같다.

문득 이번 대회를 준비했던 시간이 떠올랐다. 언제나 노력을 게을리하지 않았지만, 이번에는 정말 이를 악물고 연습했다. 집과 학교 그리고 수영장만 왔다 갔다 했다고 해도 과언이 아니었다.

'오늘은 꼭 시상대에 올라가 보는 거야.'

세현은 점점 느려지는 팔다리를 기계적으로 움직였다.

'마지막 한 바퀴!'

다시 반환점 앞에서 몸을 회전시켜 젖 먹던 힘을 다해 스트로크를 했다. 150미터를 헤엄친 몸은 이미 모래주머니를 단 것처럼 무거웠다. 속도도 처음보다 훨씬 떨어졌다.

숨을 뱉으려 고개를 들 때마다 옆 레인의 물보라가 보였다. 자신보다 훨씬 앞선 곳에서 날리는 수많은 물방울.

'조금만 더 버텨! 포기하지 마! 따라잡을 수 있어!'

세현은 남은 힘을 쥐어짰다. 결승점이 조금씩 가까워졌다. 그리고 마침내.

"푸하!"

손가락을 쭉 뻗어 결승점을 찍은 후, 참았던 숨을 뱉으며 수면 위로 솟구쳤다.

"하아, 하아."

한껏 쪼그라들었던 폐가 풍선처럼 빵빵해졌다. 어깨가 아래위로 크게 들썩였다.

물안경을 벗고 한 손으로 얼굴을 쓸어내린 후, 한동안 플라스틱 레인을 잡고 숨을 고르던 세현은 천천히 고개를 들었다. 먹먹한 귓가에 응원석의 함성이 파고들었다.

"와아아!"

친구들에겐 오늘 경기가 있다는 것을 알리지 않았다. 가족들에게도 오지 말라고 못을 박아 두었다. 그럼에도 불구하고 쏟아지는 환호가 모두 자신을 향한 것 같았다. 세현의 눈동자가 기대로 반짝였다.

'오늘은 컨디션도 좋았고, 경기 흐름도 나쁘지 않았어. 후반에 체력이 떨어지긴 했지만 그건 다들 마찬가지였을 테고. 오랜만에 시상대에 올라갈 수 있을지도 몰라.'

초등학교 3학년 때 수영을 시작한 세현은 온갖 수영 대회를 휩쓸며 '슈퍼 루키'로 주목받았다. 언제나 시상대의 가장 높은 곳에 섰고, 사람들은 세현이 올림픽에 나가서 금메달을 딸 거라고 입을 모았다.

솔직히 말하면, 세현 역시 그렇게 생각했다. 크게 노력하지 않아도 남들보다 실력이 빠르게 늘었으니까. 게다가 거기에 만족하지 않고 훈련까지 열심히 하고 있으니, 남은 건 정말 올림픽뿐인 것만 같았다. 혹시 몰라 인터뷰 연습도 했다.

하지만 중학교에 입학하면서 모든 게 달라졌다. 키가 쑥쑥 자란 아이들이 세현의 기록을 앞지르기 시작하면서, 대회에 나갈 때마다 순위가 한 칸씩 아래로 내려갔다. 꽤 무서운 일이었다. 내 것이라고 생각했던 자리에서 멀어진다는 건.

그리고 그보다 더 무서운 건, 아무리 노력해도 원래 자리로 돌아갈 수 없다는 사실이었다. 세현은 여전히 땅꼬마였고, 기록은 제자리걸음이었다. 중학생이 된 후로는 단 한 번도 시상대에 서지 못했다.

만년 오등.

그게 세현의 별명이었다. 결승전까지는 진출하지만, 시상대에는 서지 못하는 오등. 운이 좋아 누군가가 실수를 한다 해도 사등밖에 하지 못하는 불운한 선수.

엄마는 세현에게 이제 수영을 그만두는 게 어떻겠냐고 물었다. 곧 고등학생이 되는데 공부에 전념하는 게 좋지 않겠냐고 몇 번이나 말했다. 세현은 생각해 보겠다고 했지만, 사실 무척 분했다.

자신의 재능은 여기까지라고 말하는 것 같아서 화가 났다.

"오늘 메달을 따면, 엄마도 더는 그런 소리 못 할 거야."

누구도 듣지 못할 혼잣말을 중얼거리며 세현이 전광판을 올려다보았다. 불빛 하나 없이 까맣던 전광판에 하나둘씩 글자가 새겨지기 시작했다. 선수들의 이름이 기록 순으로 나열되었다. 세현은 그 속에서 자신의 이름을 찾기 위해 맨 위에서부터 글자를 천천히 훑어내렸다.

"분명 삼등 안엔 들었을 거야. 어쩌면 이등이나 일등까지도……."

말을 끝까지 잇지 못한 세현이 그대로 입을 다물었다. 전광판을 노려보던 눈매가 딱딱하게 굳었다.

5위: 2번 레인 2:06:32.

세현은 자신의 기록을 뚫어져라 응시했다. 흔들리는 눈동자가 느리게 위로 이동했다.

1위: 4번 레인 2:02:45

주먹을 꽉 움켜쥐고 고개를 돌렸다. 환하게 웃으며 감독의 축하를 받고 있는 나영의 모습이 보였다.

"나영아, 또 기록을 경신했구나! 잘했다!"

"감사합니다. 감독님 덕분이에요."

"아니다. 네가 열심히 한 덕분이다."

'어째서?'

세현은 도저히 이해할 수 없었다. 오늘은 모든 것이 완벽했다. 이번에야말로 이전 기록을 깨고 시상대에 설 수 있을 거라고 자신했다.

'그런데 왜 내가 아니라 나영이가 기록을 깬 거지?'

억울했다. 화가 난 것 같기도 했다. 학교가 끝나면 친구들의 유혹도 뿌리치고 곧장 수영장으로 직행했다. 주말에도 혼자 부단히 연습했다. 하지만 기록은 조금도 나아지지 않았다.

"수고했다, 세현아."

레인 앞에 쪼그리고 앉은 한 감독이 세현의 어깨를 톡톡 두드렸다.

"스포츠는 실력도 중요하지만 운도 따라 줘야 하는 법이다. 오늘은 운이 안 좋았을 뿐이야. 그러니까 너무 실망하지 마라."

감독의 다정한 위로에 세현은 황급히 물밑으로 내려갔다. 눈물을 들킬 것 같았기 때문이다. 감독님은 실망하지 말라고 했지만, 잔뜩 기대한 만큼 실망감도 컸다. 이건 운이 나빠서가 아니다. 벌써 중학교 3학년이다. 삼 년 동안 계속 운이 나쁠 리는 없다.

'왜……? 대체 뭐가 부족했지? 연습을 더 했어야 했나? 아니야, 정말 죽을 만큼 노력했는걸. 그런데도 오등밖에 못 했다니……

역시 내겐 재능이 없는 걸까?'

일렁이는 수면 위로 조명이 반짝반짝 부서졌다. 무척 아름다웠지만, 세현에겐 그 모습을 감상할 여유가 없었다.

그 순간, 머리 위에 그림자가 드리워졌다. 굳이 고개를 들지 않아도 그림자의 주인이 누구인지 알 수 있었기에, 세현은 그림자가 사라질 때까지 물속에 있을 생각으로 두 눈을 꼭 감았다.

꼬르륵.

점점 숨이 막혔다. 그러나 그림자는 세현의 곁을 떠날 기색이 없었다. 하는 수 없이 세현은 물 밖으로 솟구쳐 올랐다.

"푸하아!"

기다렸다는 듯 나영이 세현에게 손을 내밀었다.

"잘하던데? 오늘 컨디션 좋았지?"

두 사람은 초등학생 때부터 라이벌이었다. 과거에는 세현이 금메달을 목에 걸 때마다 나영은 한 칸 아래에서 박수를 쳤다. 하지만 지금은 라이벌이라고 할 수조차 없다. 만년 오등인 세현은 시상대에 설 수 없으니까.

그러나 그걸 인정하기엔 자존심이 상한다. 그래서 애써 웃음을 지으며 나영의 손을 잡았다.

"또 기록을 깼구나. 축하해. 열심히 연습했나 봐?"

"그냥 운이 좋았던 것뿐이야."

나영이 겸손하게 대답했다. 그게 더 꼴 보기 싫은 건 세현의 마음이 꼬였기 때문일 것이다.

"청소년 국가대표에 발탁되었다는 소식 들었어."

세현은 기어이 그 말을 하고 말았다. 나영은 쑥스럽다는 듯 웃었지만, 그 속에 깃든 자랑스러움까지 숨길 수는 없었다.

"아직 정식은 아니고, 상비군이야. 정식으로 국가대표가 되려면 더 열심히 해야지. 그럼, 다음 대회에서 또 만나자."

그 말을 끝으로 나영이 옆 레인으로 걸어갔다. 그리고 1번 레인의 선수에게 말을 걸었다. 누구나 칭찬할 만한 태도였다. 모두 나영을 좋아할 수밖에 없을 거다.

그러나 돌아서는 세현의 표정은 차가웠다. 힘들게 훈련한 건 똑같은데 나영은 또다시 일등을 거머쥐었고, 세현은 오등에 그쳤다. 매일같이 연습해도 단 일 초를 단축하는 게 쉽지는 않지만, 그럼에도 나영은 자신의 기록을 경신했다. 세현은 여전히 제자리에 머물고 있는데 말이다. 둘의 격차는 점점 더 벌어지고만 있었다.

스포츠는 성적이 전부인 세계다. 시상대에 올라가는 1위, 2위, 3위가 아니면 아무런 의미가 없다. 나머지는 그들을 위한 들러리일 뿐이다.

심장이 납덩이를 매단 것처럼 묵직하게 가라앉았다. 차라리 나영이 아팠으면 좋겠다는 생각까지 들었다.

'나영이가 교통사고라도 당하면 나한테도 기회가 올 텐데.'

그 순간, 무심코 고개를 돌리던 세현이 두 눈을 크게 떴다. 응원석에 앉아 있던 남자아이와 눈이 마주친 것이다.

"어떻게……."

같은 반 민준이었다. 매일 연습을 하느라 지친 세현에게 가끔씩 딸기우유를 주며 "열심히 해라"라고 무심하게 말하던 짝. 민준이 어떻게 이곳에 있는 건지 알 수 없었다. 오등을 하는 모습을 보여 주기 싫어 중학생이 된 후로는 누구에게도 대회 일정을 알려 주지 않았는데.

민준이 어색하게 웃으며 세현에게 손을 흔들었다. 화들짝 놀란 세현은 민준을 보지 못한 척 고개를 돌렸다.

가장 보여 주고 싶지 않은 모습을, 가장 보여 주고 싶지 않은 사람에게 보이고 말았다. 오등을 했다는 사실보다 나영에게 열등감을 느끼는 모습을 들킨 게 더 부끄러웠다.

세현은 일그러진 얼굴을 숨기려 재빨리 수영장을 벗어났다. 얼른 이곳에서 도망치고 싶었다. 수영이 진절머리가 날 만큼 싫었다. 세현은 다시 뿌옇게 흐려지는 눈가를 손등으로 닦으며 화장실로 달려갔다.

*

터벅터벅. 세현의 발소리는 표정만큼이나 힘이 없었다. 집에 가고 싶지 않았다. 또 오등을 했다는 말을 들으면 엄마는 당장 수영을 그만두라고 할 터다. 지금은 그런 잔소리를 듣고 싶지 않았다. 그래서 평소 통학로보다 둘러 가는 길을 택했다.

"어? 세현아!"

작은 공원을 가로지르던 세현이 등 뒤에서 날아온 목소리에 무심코 고개를 돌렸다. 같은 반 친구인 소민과 지영이 반갑게 손을 흔들며 세현 쪽으로 걸어오고 있었다. 하필이면 여기가 두 사람이 사는 동네로 가는 길인 모양이다.

'웃으면서 떠들 기분이 아닌데.'

그렇게 생각하면서도 세현은 억지로 입꼬리를 당겼다. 대회 결과 때문에 풀이 죽어 있다는 것을 들키고 싶지 않았다. 그게 더 자존심 상하니까. 그래서 아무렇지 않다는 얼굴로 물었다.

"학원 가는 길이야?"

"응, 너는…… 아, 맞다! 너 오늘 대회 있다고 하지 않았어? 그래서 학교도 결석했잖아."

소민이 동의를 구하듯 지영을 돌아보았다. 그러자 지영이 고개를 끄덕였다.

"아침에 선생님이 그렇게 말씀하셨어."

세현은 저도 모르게 코끝을 찡그렸다. 선생님은 왜 그런 말을 하셔서, 라는 불평이 혀끝에서 맴돌았다.

소민이 눈을 빛내며 다시 세현을 돌아보았다.

"우리가 놀러 가자고 해도 연습해야 한다면서 학교 끝나면 바로 가방 들고 수영장으로 갔잖아. 중요한 대회라고 했던 것 같은데, 몇 등 했어?"

세현이 쉽게 입을 열지 못하고 머뭇거렸다. 소민은 대답을 기다리지도 않고 계속 질문을 퍼부었다.

"당연히 일등이겠지? 난 너처럼 열심히 연습하는 애는 본 적이 없거든. 네가 일등 안 하면 누가 하겠어? 안 그래, 이세현?"

그러곤 두 눈을 가늘게 뜨며 세현의 옆구리를 쿡쿡 찔렀다. 소민의 얼굴에는 장난스러운 미소가 가득했다.

"말해 봐. 그래서 몇 등 했는데?"

소민에게 악의는 없다. 아니, 오히려 칭찬하고 있다. 다들 노느라 정신없을 때도 홀로 꾸준히 연습해 온 악바리 같은 세현을. 그런데 세현에게는 그 말이 그렇게 노력하고도 고작 오등밖에 못 했느냐고 비꼬는 것처럼 들렸다. 아마 세현의 마음이 꼬여 있기 때문일 거다.

"그만하고 가자. 우리 학원 늦었어."

세현의 굳은 표정을 보고 결과를 짐작한 지영이 소민의 팔을 잡아당겼다. 그리고 세현에게 어색한 인사를 건넸다.

"오늘도 늦으면 선생님께 혼나거든. 내일 학교에서 봐."

"응. 잘 가."

세현이 가까스로 입꼬리를 당기며 손을 흔들었다. 지영의 손에 질질 끌려가던 소민이 "아직 몇 등인지 못 들었어. 그리고 우리 학원 안 늦었잖아" 하고 투덜거렸다. 힐끗 뒤를 돌아본 지영이 목소리를 낮췄다.

"세현이 표정 보면 모르겠어? 말하기 싫은 얼굴이잖아."

"말도 안 돼. 세현이가 얼마나 열심히 연습했는데. 이번에야말로 시상대에 설 거라고 했잖아. 그런데 또 삼등 안에 못 들었다고? 앗! 그럼 이럴 게 아니라 세현이랑 같이 코인 노래방이라도……."

"조용히 하고 빨리 따라와."

"아야야, 좀 살살 잡아당겨. 근데 세현이는 우리가 놀자고 할 때마다 항상 연습해야 한다고 했으면서 어떻게 한 번도 순위권에 못 들지? 저 정도면 재능이 없는 거 아닐까?"

"쉿, 들리겠어."

지영이 걱정스러운 표정으로 뒤를 힐끗거렸다. 세현은 그 말을 못 들은 척 등을 돌리고 천천히 걸음을 옮겼다. 소란스럽던 두 사람이 공원 밖으로 사라졌다. 그제야 세현은 자리에 우뚝 멈춰 섰다. 소민의 마지막 말이 귓가에 들러붙어 떨어지지 않았다.

"저 정도면 재능이 없는 거 아닐까?"

그 말대로 세현은 학교가 끝나면 곧장 수영장으로 향했고, 다른 아이들이 연습을 마치고 돌아간 뒤에도 남아서 자율 훈련을 했다. 남들은 쑥쑥 크는데 혼자만 똑같은 키에 머물러 있으니, 훈련이라도 많이 해야 따라잡을 수 있을 것 같았다. 아마 누구도 세현에게 노력을 게을리했다고 말할 순 없을 것이다.

"이렇게까지 했는데도 안 되면, 정말로 재능이 없는 거겠지."

세현이 쓸쓸하게 혼잣말을 했다.

"어쩌면 엄마 말처럼 수영을 그만두는 게 나을지도 몰라. 그래도 공부는 자신 없는데."

그렇게 말하면서도 세현은 자신이 수영을 쉽게 포기하지 못할 걸 알고 있었다. 애매한 재능은 독이다. 자신의 재능은 시상대에 설 정도로 뛰어나지도 않지만, 미련 없이 단념할 정도로 형편없지도 않다. 그러니 아마 앞으로도 이도 저도 아닌 상태로 아슬아슬한 가능성을 바라보며 지칠 때까지 줄타기를 할 것이다.

"보아하니, 절망으로 가득 찬 영혼이군."

갑자기 끼어든 낯선 목소리에 세현이 깜짝 놀라 고개를 들었다. 주위를 둘러보았지만, 입구와 출구가 한눈에 보이는 작은 공원엔 아무도 없었다. 두 개 있는 벤치는 텅 비어 있었고 산책하는 사람도 보이지 않았다.

"이젠 헛소리까지 들리나 보네."

시무룩하게 중얼거린 세현이 다시 한 걸음 내딛은 순간,

"어이, 인간. 여기야, 여기."

"어?"

또다시 그 목소리가 들렸다. 세현은 소리가 난 곳을 찾아 고개를 뒤로 젖혔다. 나뭇가지 위에 앉은 까마귀가 세현을 빤히 내려다보고 있었다.

"설마……."

무슨 말을 하려던 세현이 "에이, 말도 안 돼" 하며 고개를 저었다. 그때, 까마귀가 날개를 퍼덕이며 날아와 벤치 등받이 위에 내려앉았다.

"인간, 영혼을 달래는 음식을 먹고 싶지 않나? 내가 아주 맛있는 식당을 알고 있는데, 같이 가는 게 어때?"

"지금 네가 말하는 거야?"

세현은 두 눈을 느리게 깜빡이며 되물었다. 까마귀가 한심하다는 표정으로 세현을 보았다.

"그럼 여기 누가 있다고 생각하는 거야?"

"까마귀도 표정이 있구나……."

멍하니 중얼거리던 세현이 "아니, 그게 중요한 게 아니라!" 하며 자신의 뺨을 찰싹 때렸다.

"아야!"

아무래도 피곤해서 헛것을 보는 모양이다. 그게 아니면 오등을 한 충격이 생각보다 컸든지.

"환청도, 환각도 아니야. 네가 무척 배고픈 얼굴을 하고 있다는 걸 아는지 모르겠군. 절망의 냄새를 풀풀 풍기고 있다는 사실도 말이야. 마침 좋은 식당을 알고 있으니 소개해 주지. 아, 고마워할 건 없어. 보답은 네 머리핀이면 충분해."

"머리핀?"

세현은 저도 모르게 자신의 머리를 만지작거렸다. 그러자 까마귀의 눈동자가 탐욕스럽게 번득였다.

"반짝거리는 게 아주 예쁘군. 어서 나를 따라와라, 인간."

오만한 투로 명령한 까마귀가 날개를 폈다. 독수리라고 해도 믿을 만큼 커다란 날개였다. 까마귀는 물속을 헤엄치는 것처럼 매끄럽게 창공으로 날아오르다 여전히 그 자리에 서 있는 세현을 향해 왈칵 짜증을 냈다.

"빨리 안 오고 뭐 해?"

"어? 어어."

세현은 반쯤 홀린 기분으로 까마귀의 뒤를 졸졸 쫓아갔다. 그러지 않으면 또 혼이 날 것 같았기 때문이다.

"꿈인가."

다시 한번 뺨을 꼬집어 보았다. 아프긴 했지만, 꿈이 분명하다. 그렇지 않고는 이 상황을 설명할 수 없지 않은가.

"뭐야, 꿈이 너무 생생한데?"

"왜 이렇게 꾸물거려! 그래서 오늘 안에 도착할 수 있겠어?"

"가고 있어!"

우두커니 서 있던 세현이 후다닥 뛰어갔다. 덜 마른 머리카락이 귀밑에서 찰랑찰랑 흔들렸다.

잠시 후, 두 사람, 아니, 한 사람과 한 마리는 한적한 주택가에 도착했다. 까마귀는 익숙하게 골목 안으로 날아갔다. 까마귀를 놓칠세라 걸음을 서두르던 세현의 눈에 길게 이어진 담벼락 끝에 자리한 작은 식당이 보였다. 까마귀가 식당의 열린 창으로 쏙 들어갔다.

혼자 남은 세현은 어리둥절한 눈으로 식당을 바라보았다. 전체적으로 카페 느낌이 나는 식당은 시멘트 담장 속에서 꽤 생뚱맞은 분위기를 풍겼다. 담장 위로 넘어온 옆집의 키 큰 나무가 검은 차양 위로 굵은 가지를 뻗은 탓에 나무 그림자가 식당을 덮고 있었다.

"악마의…… 레시피?"

간판에 적힌 글자를 읽어 보았다. 지나가는 손님을 붙잡기에 그리 좋은 이름은 아니었다. 애초에 사람이 많이 지나다닐 만한 위치도 아니지만. 게다가 이름만 봐서는 무슨 음식을 파는 가게인지도 알 수 없었다.

"그냥 집에 가자. 딱 봐도 맛있는 곳은 아닐 것 같은데."

꼬르륵.

배 속에서 요란한 소리가 들렸다. 세현은 빨갛게 달아오른 얼굴로 주위를 획획 돌아보았다. 그제야 경기가 끝나고 지금까지 아무것도 안 먹었다는 사실을 깨달았다. 배가 고플 만도 했다.

"그럼 편의점이라도……."

걸음을 돌리던 세현이 인상을 찌푸렸다. 낯선 동네였다. 어디에 편의점이나 카페가 있을지 짐작이 가지 않았다.

꼬르륵. 꼬르륵.

배에서 천둥이 쳤다. 이 상태로는 편의점을 찾으러 가다 길거리에 쓰러져 죽을 수도 있겠다는 생각이 들 정도였다. 세현은 하는 수 없이 식당 문에 손을 올렸다. 슬쩍 힘을 주자, 닫혀 있던 문이 조금씩 움직였다.

식당은 내부가 한눈에 들어올 정도로 작았다. 홀이라고 할 만한 공간은 따로 없었고, 식탁도 주방 앞의 기다란 바 테이블이 전부였다. 나무로 된 테이블 앞에는 동그란 나무 의자 여섯 개가 나란히 놓여 있었다.

대낮임에도 햇빛이 길게 들지 않아 가게 안은 꽤 어두컴컴했다. 왠지 쉽게 들어가기 어려운 분위기였다. 세현이 문 앞에서 머뭇거리던 그때.

"어서 오세요!"

안쪽에서 밝은 인사가 날아왔다. 바 테이블 너머로 향한 세현의 시선이 반짝반짝 빛나는 눈동자와 마주쳤다. 앳된 얼굴의 소년은 세현과 또래, 혹은 한두 살 많은 정도로밖에 보이지 않았다.

'아르바이트생인가?'

세현은 저도 모르게 소년의 어깨너머를 힐끗거렸다. 식당 주인을 찾으려는 것이었다.

"저희 가게의 첫 손님이 되신 걸 축하합니다. 저는 이 식당의 주인, 데몬입니다."

데몬이 기대에 찬 눈으로 세현을 바라보았다. 어서 들어오지 않고 뭐 하냐는 듯.

'데몬?'

닉네임처럼 특이한 이름에 발길이 떨어지지 않았지만, 결국 반짝이는 눈빛에 굴복해 가게 안으로 들어섰다. 그제야 바 테이블 위에 앉아 있는 까마귀가 보였다. 검은 새가 검은 방석 위에 있어서 미처 눈치채지 못했다.

반짝.

또다시 뭔가가 빛났다. 데몬의 눈빛은 아니었다. 세현이 검은색 벨벳 방석 위에 놓인 반지와 귀걸이, 시계 등을 보며 미심쩍다는 표정을 지었다. 조금 전, 자신의 머리핀을 탐내던 까마귀의 욕심 많은 눈동자가 떠올랐다.

세현은 계속 멈칫대며 걸음을 옮기지 못했다. 왠지 수상한 식당이었다. 그냥 집으로 가는 게 낫지 않을까?

그러다 뺨에 꽂히는 따가운 시선을 견디지 못하고 세현이 다시 데몬에게로 고개를 돌렸다.

"음, 여긴 뭘 파는 가게야……요?"

반말을 해야 할지, 존댓말을 해야 할지 알 수 없어 애매한 말투가 되고 말았다. 데몬이 환하게 웃으며 대답했다.

"손님이 원하는 건 무엇이든 팝니다!"

점점 더 수상했다. 역시 나가는 게 낫겠다고 마음을 굳히고 몸을 돌리려는 찰나, 데몬이 킁킁, 하고 코를 울렸다.

"쌉쌀한 열등감의 냄새가 섞이긴 했지만, 이건 분명 좌절의 냄새야."

"예?"

너무 작은 목소리라 제대로 듣지 못한 세현이 되물었다. 하지만 데몬은 입술을 실룩이며 계속 혼잣말만 했다.

"내가 제일 좋아하는 거지. 좌절을 설탕과 함께 졸여서 빵에 발라 먹으면 그것만큼 맛있는 게 없거든."

"예? 방금 뭐라고 했어요?"

세현의 눈동자에 드리워진 의심스러운 빛이 짙어졌다. 데몬은 아무 말도 하지 않았다는 듯 한층 더 화사하게 웃었다.

"어떤 걸 드시겠어요?"

이상하게 눈부신 미소였다. 마치 인간을 홀리는 악마의 미소처럼. 결국 세현은 도망갈 타이밍을 놓치고 말았다.

"일단 자리에 앉으시죠. 손님이 원하는 건 뭐든 만들어 드립니다."

쭈뼛거리며 의자에 앉은 세현이 잠시 고민하다가 입을 열었다. 지친 탓인지 자극적인 음식이 당겼다.

"마라탕 되나요?"

"……마라탕."

어쩐지 그 목소리가 몹시 시무룩하게 들렸다. 한숨을 내쉰 까마귀가 땍땍거리기 시작했다.

"요즘 여학생들 사이에선 마라탕과 탕후루가 유행이랍니다. 그래서 제가 말씀드렸지 않습니까? 식당을 하려면 적어도 시장 조사 정도는 해야 한다고요. 그런데 덜컥 문부터 열다니, 너무 성급하셨습니다."

"그 정돈 나도 알아, 할아범! 하지만 엄마가 혼자 다니는 걸 허락하지 않았잖아. 덕분에 요리도 책으로 배웠다고."

"으음."

세현이 미간을 찌푸렸다. 귀에 거슬리는 단어가 한둘이 아니었다. 일단 까마귀에게 할아범이라고 하는 건 둘째 치고.

"요리를 책으로 배웠다고요?"

"어, 저, 그게 아니라요, 손님."

뒤늦게 자신의 말실수를 알아차린 데몬이 당황한 표정으로 두 손을 내저었다.

"그리고 까마귀가, 할아범?"

"아니, 그러니까 이 까마귀는 까마귀가 아니라 파주주인데, 할아범⋯⋯."

데몬이 말을 하면 할수록 상황이 꼬였다. 고개를 절레절레 저은 까마귀가 달콤한 목소리로 세현에게 속삭였다.

"제 이름은 파주주입니다. 그보다 떡볶이는 어떻습니까, 손님? 보아하니 우울한 것 같은데, 매콤한 떡볶이가 스트레스를 확 날려 줄 겁니다."

"좋은 생각이야, 할아범! 떡볶이는 어떠세요, 손님!"

데몬의 얼굴에 갑자기 화색이 돌았다. 어찌나 기뻐 보이는지, 세현은 저도 모르게 고개를 끄덕이고 말았다.

"그럼 그걸로 주세요."

"예. 잠시만 기다리고 계시면 금방 준비해 드리겠습니다. 장담하는데, 세상에서 가장 맛있는 떡볶이일 겁니다!"

그러곤 곧장 소매를 둘둘 걷으며 주방으로 갔다. 주방이라고 해 봤자 바 테이블 뒤에 있는 공간이라 세현이 앉은 자리에서도 전부 보였다. 마치 귀신에 홀린 것처럼 상황에 떠밀리던 세현은 비로소 뭔가 이상하다는 생각을 했다. 말하는 까마귀가 있고, 중학생 정도로 보이는 남자애가 사장이자 요리사인 식당이라니.

'악마의 레시피.'

뒤늦게 가게 이름이 떠올랐다. 식당 이름치고는 꽤 으스스하다. 게다가 메뉴판이나 가격표도 보이지 않는다. 세현의 얼굴에 또다시 불안감이 감돌았다. 지갑에 얼마 있더라? 설마 바가지를 씌우는 건 아니겠지? 쌓이는 걱정에 앉은 자리가 가시방석 같았다.

'그러기만 해 봐. 당장 경찰에 신고할 테니까.'

세현은 부리로 깃털을 정리하는 까마귀를 보며 야무지게 다짐했다. 그 순간.

우당탕탕!

"으아아악!"

갑자기 들린 비명에 세현과 까마귀의 고개가 동시에 돌아갔다. 주방에서 불길이 치솟고 있었다. 한 사람과 한 마리의 눈이 동그래졌다.

"부, 불이……!"

"작은 주인님!"

까마귀가 곧장 주방으로 날아갔다.

"비키십시오!"

파주주가 커다란 날개를 몇 번 퍼덕이자, 치솟아 오르던 불길이 조금씩 잦아들었다. 파주주는 그제야 안도의 한숨을 터뜨렸다.

"어휴, 십 년 감수했습니다. 앞으로 구백구십 년밖에 더 못 살 것 같아요."

"고마워, 할아범."

식은땀을 닦던 데몬은 고개를 돌리다 세현과 눈이 마주쳤다. 하얗게 질린 세현의 얼굴을 본 데몬이 별일 아니라는 듯 어색하게 웃었다.

"아하하, 떡볶이에 불맛을 입히는 중이었습니다, 손님. 걱정하실 건 아무것도 없어요. 레시피대로 착착 만들고 있으니까요."

누가 봐도 뻔한 거짓말이었다. 걱정하지 말란 말에 세현은 오히려 더 걱정이 되기 시작했다. 저도 모르게 출입문을 힐끗거리며 의자와 문 사이의 거리를 눈으로 쟀다. 잘하면 몰래 나갈 수 있을 것 같았다. 음식을 시켜 놓고 도망가는 건 나쁜 짓이지만, 여긴 아무리 봐도 수상하니까 그 정돈 괜찮지 않을까?

마음을 정하고 의자에서 엉덩이를 떼는 찰나, 데몬이 주방에서 나왔다. 세현은 하는 수 없이 도로 자리에 주저앉았다.

탁.

데몬은 의기양양한 표정으로 바 테이블에 접시를 내려놓았다. 세현은 미술에 소질이 없지만, 파란색 접시와 빨간색 떡볶이가 안 어울리는 조합이라는 것 정도는 알고 있었다. 아니, 그건 둘째 치고.

"제가 주문한 건 떡볶이였던 것 같은데요?"

접시를 보는 세현의 눈초리가 미심쩍은 빛을 띠었다. 데몬이 아주 자신만만하게 대꾸했다.

"떡볶이 맞습니다. 제 비밀 레시피로 만든 특별한 떡볶이죠. 아마 지금까지 드신 어떤 떡볶이보다 맛있을 겁니다."

하지만 세현의 눈은 점점 가늘어졌다. 떡볶이에 들어 있으면 안 되는 게 보인 것이다. 젓가락으로 떡볶이를 뒤적뒤적하던 세현이 결국 용기를 내 물었다.

"……이건 뭔가요?"

"아!"

마치 물어봐 주길 기다렸다는 듯, 데몬이 상체를 앞으로 쑥 내밀었다. 새카만 눈동자가 보석처럼 반짝였다.

"탕후루를 좋아하시는 것 같아서 귤과 샤인 머스캣을 넣어 봤습니다. 일명 탕후루 떡볶이! 어떻습니까?"

"맙소사……."

세현의 얼굴이 또다시 하얗게 질렸다. 탕후루와 떡볶이의 조합이라니. 파란색 접시와 빨간색 떡볶이만큼이나 어울리지 않는 컬래버레이션 아닌가? 떡볶이에 라면이나 소시지를 넣는 건 봤어도, 귤과 샤인 머스캣을 넣는단 건 난생처음 들었다. 이건 떡볶이에 대한 모독 아닐까?

세현이 충격을 받았다는 것을 눈치채지 못한 데몬은 한껏 신이 나서 덧붙였다.

"요즘 인간 세상에선 단짠단짠이 유행이라면서요? 설탕의 인공적인 단맛 대신 과일로 단짠단짠을 구현해 봤습니다. 한번 드셔 보세요!"

잔뜩 기대하고 있는 데몬의 표정을 보자, 차마 못 먹겠다는 말을 할 수 없었다. 세현은 머뭇거리며 떡을 하나 집었다. 그리고 두 눈을 꼭 감고 입으로 가져갔다.

'그래, 설마 죽기야 하겠어?'

우물우물, 꿀꺽.

"어?"

떡을 삼킨 세현이 놀라서 두 눈을 동그랗게 떴다.

"어, 어때요?"

방금까지 큰소리치던 데몬이 긴장한 얼굴로 대답을 기다리고 있었다. 마른침을 삼키는 소리가 세현의 귀에까지 들렸다. 세현이 말도 안 된다는 듯 빽 소리를 질렀다.

"맛있어요!"

"진짜로요?!"

"네! 이게 왜 맛있지?"

세현은 정말 이해할 수 없어 고개를 갸웃거렸다. 맛있으면 안 되는 음식이 맛있는 게 이상했다. 그렇지만, 아무리 맛있더라도 탕후루 떡볶이라는 괴상한 요리가 세상에 존재해도 되는 것일까? 정어리 파이만큼이나 괴식인데.

"후아아."

데몬이 비로소 안도의 한숨을 터뜨렸다. 그리고 환하게 웃으며 양팔을 옆으로 뻗었다.

"맛있게 드셨으니, 손님께 환상을 선물해 드리겠습니다."

떡볶이를 허겁지겁 먹던 세현이 고개를 저으며 데몬의 말실수를 지적했다.

"그게 아니라 환상적인 맛을 선물해 주겠다고 하셔야죠."

그러자 데몬은 대답 대신 의미심장한 미소를 지었다.

세현은 떡볶이 맛에 감탄하느라 그 사실을 눈치채지 못했다. 아까부터 배가 몹시 고팠고, 괴상한 떡볶이는 자신이 먹어 본 어떤 음식보다 맛있었다. 적당한 달콤함이 입안을 가득 채우고, 적

당한 매콤함이 스트레스를 날려 주었다. 그야말로 단매단매의 환
상적인 조합이었다.

"어?"

그런데 갑자기 눈앞이 뿌옇게 변했다. 마치 짙은 안개 속에 서
있는 것처럼. 세현은 떡볶이를 우물거리며 주위를 두리번거렸다.
방금까지 옆에 있던 데몬과 까마귀의 모습이 보이지 않았다.

어쩐지 머릿속이 몽롱해졌다. 꿈을 꾸는 것 같기도, 열이 나는
것 같기도 했다. 곧 자욱하던 안개가 서서히 걷혔다.

가루약을 넣은 물병과
마시지 못한 딸기우유

익숙한 풍경이었다. 결승전이 시작되기 직전의 경기장. 세현은 아무도 없는 복도를 한 번 둘러보곤 라커 룸의 문을 열었다.

두근두근.

심장이 입 밖으로 튀어나올 것처럼 빠르게 뛰었다. 평소라면 선수와 감독 들로 가득 차 있을 라커 룸이 오늘따라 텅 비어 있었다. 서둘러 안으로 들어간 세현이 문을 꼭 닫았다.

이나영

맞은편 벤치에 나영의 이름이 적힌 물병이 보였다. 세현은 본능적으로 다시 주위를 둘러보았다. 라커 룸엔 아무도 없고, 복도를 걸어오는 발소리도 들리지 않았다. 앞으로 할 일을 떠올리자,

손가락이 바들바들 떨렸다.

크게 심호흡을 한 세현이 재빨리 주머니에 손을 넣어 캡슐이 든 봉지를 꺼냈다. 먹으면 바로 효과가 나타나는 변비약이었다.

눈알을 굴리던 세현은 곧 캡슐을 분리해 나영의 물병에 가루약을 부었다. 그런데 긴장해서 헛손질을 하는 바람에 가루를 조금 흘리고 말았다.

"어떡하지?"

잠시 고민하던 세현이 캡슐 하나를 더 꺼냈다. 그리고 방금 한 작업을 반복했다. 하얀색 가루가 물병 바닥에 서서히 가라앉았다. 닫힌 문을 힐끔거리며 물통을 마구 흔들자, 가루는 물에 녹아 흔적도 없이 사라졌다.

입안이 바싹바싹 말랐다. 심장은 마치 귓속에 있는 것처럼 크고 요란하게 뛰었다. 누군가 자신의 심장 소리를 듣고 놀라서 뛰어올 것 같았다.

남은 약을 주머니에 넣던 세현의 시선이 민아의 물병 위에서 멈칫했다. 민아는 나영에게 밀려 늘 2위에 머무르는 아이다.

"나영이가 이번 경기를 망친다고 해도, 나는 고작 사등밖에 못 할 거야. 시상대에 올라가려면 한 사람이 더 망해야 해."

중학교 졸업 전, 무슨 수를 써서라도 한 번은 시상대에 올라가고 싶었다. 그래야 고등학교에서도 계속 수영을 할 수 있을 것이다. 마음을 굳힌 세현은 민아의 물통에도 약을 넣고 흔들었다.

그때까지도 라커 룸의 문은 열리지 않았다. 다들 어디서 뭘 하는지는 알 수 없었지만, 세현에게는 잘된 일이었다. 물병을 제자리에 놓아둔 세현은 서둘러 라커 룸을 빠져나갔다.

화장실로 도망가 손을 씻다 말고 고개를 드니 거울 속 세현이 자신을 빤히 쳐다보고 있었다. 무슨 말을 하려는 것 같았지만, 현실의 세현은 그 시선을 피했다.

"한 번, 딱 한 번이면 돼."

그러면 훈련만 하는 자신을 재수 없다고 말하는 친구들도 동경 어린 눈으로 바라보고, 엄마도 더는 수영을 그만두라고 하지 않을 것이다. 민준도 어색하게 웃는 대신 평소처럼 딸기우유를 건네줄 것이다.

세현은 따끔거리는 양심의 가책을 모른 척하며 화장실을 나섰다. 그리고 조심스럽게 라커 룸 문을 열었다. 손이 덜덜 떨렸지만, 애써 아무렇지 않은 표정으로 고개를 들었다.

여느 때와 같은 풍경이었다. 좁은 라커 룸은 긴장감과 열기로 뜨거웠다. 경기를 앞둔 선수들은 각자의 루틴을 반복했고, 감독과 코치가 그런 선수들을 격려했다.

세현은 문 앞에 우두커니 선 채 떨리는 손을 등 뒤로 가져갔다.

'들키진 않았겠지?'

그런데 그 순간, 나영과 눈이 마주쳤다. 심장이 쿵 하고 내려앉았다. 가볍게 눈인사를 건넨 나영이 감독에게로 고개를 돌렸다.

나영의 감독은 평소처럼 하라고 조언하며 나영에게 벤치에 놓여 있던 개인 물병을 건넸다. 나영은 아무 의심 없이 물병을 받아 들고 입으로 가져갔다.

"잠깐만……!"

세현이 저도 모르게 소리쳤다.

"어? 나 불렀어?"

나영이 물병을 든 채로 세현을 돌아보았다. 세현은 어떻게 해야 할지 몰라 입술을 깨물었다.

'이제라도 사실대로 말하는 게 좋지 않을까? 아냐, 그랬다간 내가 한 짓을 모두가 알게 될 거야. 다들 나를 비난할 거라고.'

그제야 자신이 무슨 짓을 저질렀는지 실감이 났다. 나영과 민아의 물통에 약을 넣었다는 사실을 들키는 순간, 두 번 다시 선수 생활을 하지 못하게 될 것이다. 아니, 선수 생활이 문제가 아니다. 모두 자신을 손가락질할 것이다. 반 아이들은 물론, 가족들도. 이럴 줄 알았으면 애초에 생각조차 하지 말 걸 그랬다. 그러나 돌이키기엔 너무 멀리 왔다.

주먹을 꽉 쥔 채 세현이 고개를 저었다.

"아무것도 아니야. 오늘 열심히 하자고."

"그래. 우리 최선을 다하자."

나영이 씩 웃으며 물병을 다시 입으로 가져가 꿀꺽꿀꺽 시원스럽게 안에 든 물을 마셨다. 세현은 움직이지 않는 다리에 억지로 힘을 주며 자신의 라커 앞으로 걸어갔다.

이어폰을 귀에 꽂고 있던 민아가 손을 뻗어 파란색 물통을 움켜쥐는 모습이 보였다. 세현은 수영복 위에 트레이닝복을 입으며 민아를 힐긋거렸다. 출발 신호가 울리기 전보다 심장이 더 격렬하게 뛰었다. 민아는 세 번에 나누어 물을 다 마셨다. 그리고 빈 물병을 가방 안에 던져 넣었다.

도저히 태연한 얼굴로 앉아 있을 수가 없었다. 세현이 막 자리에서 일어났을 때, 라커 룸 문이 열리며 경기 관계자가 고개를 빼꼼 들이밀었다.

"결승전에 출전하는 선수들은 준비하세요. 곧 경기가 시작됩니다."

화장실에 다녀온 한 감독이 직원을 스쳐 지나 라커 룸 안으로 들어왔다. 그리고 세현의 어깨를 꾹 잡았다가 놓았다.

"가자, 세현아."

"예."

세현은 머릿속에 떠오른 생각을 털어 내려 애쓰며 경기장으로 향했다. 선수들은 다들 집중하느라 표정이 굳어 있었다. 그때, 나영이 미간을 찌푸렸다. 그러곤 고개를 갸웃거리며 아랫배를 문질렀다.

"이상하네."

"3번 레인의 박민아 선수는 기권입니다."

관계자의 말에 준비 운동을 하던 선수들이 한 차례 술렁였다. 2위를 도맡아 하던 민아의 기권이 놀라웠던 것이다.

"무슨 일이지?"

"그러게."

여기저기서 수군거리는 목소리들이 흘러나왔다. 감독이 세현에게로 걸어오며 상황을 전달했다.

"민아는 컨디션이 안 좋은가 보더구나. 방금 의무실로 가는 걸 봤다."

경기에 나오는 선수는 늘 비슷하다. 결승전에 올라가는 선수들도 거의 정해져 있다. 그래서 감독과 선수 들은 다들 어느 정도 친분이 있었다.

세현이 멍하게 있자 감독이 짝, 하고 손뼉을 쳤다.

"민아가 아프다는데 이런 말은 좀 그렇지만, 어차피 승부의 세계는 냉정한 법이야. 그러니까 우리에겐 이번이 기회다. 한 명만 제치면 삼등 안에는 들 수 있다. 죽을힘을 다해 헤엄쳐라."

세현은 천천히 고개를 돌렸다. 4번 레인에 서 있는 나영이 보였다. 나영의 얼굴은 멀리서 봐도 창백했다. 어쩌면 수영복이 검은 탓에 얼굴색이 더 하얗게 보이는지도 모른다.

나영의 감독이 걱정스러운 표정으로 물었다.

"괜찮니? 몸이 안 좋으면 다음 대회를 노리자, 나영아."

"아니에요, 감독님. 할 수 있어요."

나영이 고집스럽게 고개를 저었다. 그 모습에 세현은 "왜?" 하고 혼잣말을 중얼거렸다. 누가 봐도 나영은 컨디션이 좋지 않다. 그리고 이미 여러 차례 1위를 한 나영이 한 경기를 쉰다고 나무랄 사람은 없다. 경력에 흠이 가는 것도 아니다. 그런데 어째서 고집을 부리는 거지?

"여기서 포기하고 싶지 않아요, 감독님. 저 계속 노력했잖아요. 그러니까 할 수 있는 데까지 해 볼래요."

'아아.'

그제야 세현은 고개를 끄덕였다. 자신이 계속 오등을 하면서도 매번 경기에 참가하는 이유와 똑같았다. 누구보다 열심히 연습했으니 그 정도 일로 포기할 수 없는 것이다. 다른 사람이 어떻게 생각하든, 자신과의 약속이니까.

"준비!"

심판의 구령에 맞추어 선수들이 일제히 허리를 숙였다.

쿵쾅쿵쾅. 심장이 터질 것 같았다. 경기 전의 긴장감 때문인지, 죄책감 때문인지는 알 수 없었다.

'돌이키기엔 이미 너무 늦었어. 나영이만 제치면, 삼등은 할 수 있어. 경기에 집중하자.'

세현은 일렁이는 물결만 바라보았다. 세상이 물속에 잠긴 것처럼 고요해졌다. 그 순간.

탕!

출발 신호가 들렸다. 일곱 명의 선수가 동시에 몸을 날렸다. 잠영으로 힘껏 달아난 세현은 곧 수면 위로 떠올랐다. 두 팔을 길게 뻗으며 물살을 갈랐다. 이상하게 몸이 가벼웠다. 조금만 움직여도 앞으로 죽죽 나아가는 게 느껴졌다.

'아니야. 방심하면 안 돼. 전에도 이랬다가 오등 했잖아.'

반환점에서 몸을 회전시킨 세현이 다시 출발점을 향해 헤엄치기 시작했다. 반환점을 돌 때마다 속도가 뚝뚝 떨어졌다. 세현의 고질적인 문제였다. 키가 작은 만큼 팔이 짧아 남들보다 더 많이 움직여야 했다. 그러다 보니 체력이 빠르게 소진됐다.

'마지막 바퀴야.'

숨이 턱끝까지 찼다. 언제나 이쯤에서 힘이 빠지곤 했다. 그런데 어쩐 일인지 오늘은 속도가 더 떨어지지 않았다. 한 바퀴 더 돌라고 해도 할 수 있을 것 같았다.

'조금만, 조금만 더!'

이를 악문 세현이 마침내 결승점의 터치 패드를 눌렀다.

"후아아!"

수면 위로 고개를 내밀며 참았던 숨을 뱉었다. 어깨가 가쁘게 들썩였다. 당장은 아무 생각도 나지 않았다. 세현은 뺨 위로 흩어지는 물방울을 쓸어내렸다. 선수들이 차례로 들어오는 듯싶었지만, 숨이 가빠 눈을 뜰 수 없었다.

한참 만에 숨을 고른 세현이 전광판을 올려다보았다. 때마침 조명이 깜빡이며 경기 결과가 떴다.

1위: 7번 레인 1:55:59

"헉!"

세현은 믿을 수가 없어 손등으로 눈을 비볐다. 자신의 레인 번호가 전광판 가장 꼭대기에 적혀 있는 게 맞았다. 뺨을 꼬집어 보았지만, 결과는 바뀌지 않았다.

"세현아!"

한 감독이 붉게 달아오른 얼굴로 달려왔다.

"너 이 녀석! 청소년 기록을 경신했다. 신기록이야! 일 초, 이 초도 아니고 무려 사 초나 단축했어! 이게 꿈이냐, 생시냐!"

울컥한 감독은 고개를 돌리고 코를 킁 들이마셨다. 그리고 다시 한번 전광판을 쳐다보았다. 여전히 세현의 이름이 맨 위에 있었다. 감독이 팔뚝으로 눈가를 문질렀다.

멍한 표정으로 전광판에서 눈을 떼지 못하던 세현의 눈동자가 아래로 이동했다. 4번 레인은 다섯 번째 자리에 있었다. 만년 오등인 세현이 1위를 하고, 만년 일등인 나영이 5위를 한 것이다.

그때 찰방찰방하는 물장구 소리가 들렸다. 세현이 천천히 고개를 돌리자, 가볍게 수영을 해 레인을 건너온 나영이 웃는 얼굴로 축하 인사를 건넸다.

"축하해. 열심히 했구나."

세현은 그런 나영의 얼굴을 제대로 쳐다보지 못하고 일렁이는 수면만 내려다보며 고개를 끄덕였다.

"……응."

그 한마디를 하기가 너무나 어려웠다. 세현은 정말로 열심히 했다. 누가 물어도 자신 있게 답할 수 있을 만큼. 그런데 어째서인지 대답이 목구멍에 걸려서 잘 나오지 않았다.

"나 화장실에 가야 해서."

결국 세현은 도망치듯 그 자리를 벗어났다.

"세현아, 어디 가니? 곧 시상식이다. 빨리 와라!"

감독의 목소리가 그림자처럼 졸졸 쫓아왔다. 하지만 차마 뒤를 돌아볼 수 없었다. 모두가 자신을 향해 손가락질하고 있을 것만 같았다.

집에 들어가니 누구에게 소식을 들은 것인지 엄마가 소고기를 굽고 있었다. 아빠도 평소보다 일찍 퇴근했고, 보통 때는 게임을 하느라 방에만 있는 수현도 얌전히 식탁에서 세현을 기다리고 있었다. 물론 누나보다는 소고기에 관심이 더 많은 듯했지만.

엄마가 세현을 향해 손짓했다.

"그러고 서 있지 말고 어서 와서 앉아."

"누나, 빨리 앉아. 누나가 안 앉으니까 엄마가 고기를 안 주잖아."

우두커니 서 있던 세현이 그제야 식탁 쪽으로 걸어갔다. 엄마는 마치 본인이 우승한 것처럼 잔뜩 들떠 있었다.

"나는 세현이가 일등 할 줄 알았다니까. 초등학생 때만 해도 혜성처럼 등장한 천재라며 주목받았잖아. 그동안 네게 부담이 될까 봐 말을 안 해서 그렇지, 언젠가는 실력을 발휘할 줄 알았어."

"하긴, 처음 수영 시작했을 때부터 올림픽에 출전하는 게 꿈이라고 했지. 그리고 이번 대회가 꽤 중요한 대회라고 하지 않았나? 역시 큰 대회에서 실력을 발휘하는 게 나를 닮았다니까. 강심장이야, 아주."

아빠가 거드름을 피우자, 엄마가 눈을 흘겼다.

"그게 무슨 말이야? 세현이는 나랑 판박이인데."

"언제는 제 아빠를 빼닮았다고 하더니?"

"그야 그때는 화가 나서 그랬던 거고. 세현이는 나를 닮았지."

티격태격하던 엄마 아빠가 이내 웃음을 터뜨렸다. 그제야 세현은 수영을 그만두고 공부나 하라던 엄마의 말이 진심이 아니었다는 사실을 깨달았다. 좌절한 세현에게 다른 길도 있다는 걸 알려주려고 그런 소리를 했던 모양이다.

젓가락만 쪽쪽 빨던 수현이 기다리다 못해 입을 삐죽였다.

"빨리 고기 먹으면 안 돼?"

"기다려. 누나부터 먹어야지."

"엄마 아빠는 누나만 좋아해."

"너도 게임 그만하고 누나 반만이라도 닮아 봐. 뭘 하든 누나만
큼만 하면 최고가 될 수 있으니까. 주말에도 혼자서 연습하러 가
는 것 봐. 저런 중학생이 어디 있니?"

엄마는 세현의 그릇에 소고기를 놓아 주며 수현을 타박했다.
수현이 그 접시로 슬그머니 젓가락을 뻗다가 엄마에게 들켰다.
그러자 엄마가 수현의 손등을 찰싹 때렸다.

"아야!"

또다시 입술을 삐죽인 수현이 눈을 흘기며 대답했다.

"걱정하지 마. 나도 곧 프로게이머가 될 거니까."

"어이구, 말은 잘하지."

"콜록, 콜록!"

소고기를 입으로 가져가던 세현이 기침을 터뜨렸다. 누나의 반
만 닮으라는 엄마의 말이 심장을 찌르는 것 같았다.

"사레들렸니? 자, 얼른 물 마셔라. 우리 집안의 자랑이 아프기
라도 하면 안 되지."

엄마가 호들갑을 떨며 물컵을 건네주었다. 세현은 젓가락으로
밥알을 세며 먹는 둥 마는 둥 했다. 그때, 아빠가 마침 생각났다는
듯 물었다.

"메달은 어디 있니?"

"가방에요."

"왜 가방에 뒀어? 떡하니 목에 걸고 와야지. 얼마나 자랑스러운 메달인데."

"그래, 아빠 말이 맞아. 말 나온 김에 메달 한번 보자. 가방에 있다고?"

엄마가 가방을 가지러 가려고 자리에서 일어났다. 그 순간, 세현이 숟가락을 탁 내려놓으며 신경질적으로 쏘아붙였다.

"건드리지 마세요!"

일순 싸늘한 침묵이 흘렀다. 엄마와 아빠는 놀란 표정을 지었고, 수현은 고기를 우물거리며 세 사람의 눈치를 살폈다.

"잘 먹었습니다."

세현은 바닥에 놓아둔 가방을 들고 방으로 향했다. 등 뒤에서 엄마와 아빠의 걱정스러워 하는 목소리가 들렸다.

"왜, 더 먹지 않고?"

"놔둬. 피곤할 거야. 쉬게 두자고."

쾅!

방문을 닫은 세현은 가방을 아무렇게나 내팽개치곤 다이빙을 하듯 침대에 몸을 던졌다. 반쯤 열린 가방 사이로 삐죽 튀어나온 금메달이 보였다. 눈앞이 뿌옇게 흐려졌다.

"흐으, 흑⋯⋯."

꾹 참고 있었던 울음이 새어 나왔다. 3위 안에 들지 못해 속상한 적이 많았지만, 오늘처럼 스스로가 비참하게 느껴진 적은 없었다. 그게 죄책감 때문이란 사실을 깨닫는 데는 그리 오랜 시간이 걸리지 않았다.

"차라리 오등을 하던 때가 마음이 편했어. 이런 일등은 하고 싶지 않아."

무슨 수를 써서라도 시상대에 서고 싶었지만, 정작 금메달을 손에 쥔 후로는 한 번도 웃지 못했다. 나영처럼 자랑스러운 표정을 지을 수도 없었다. 그날 내내, 세현은 베개에 얼굴을 묻은 채 엉엉 소리 내어 울기만 했다.

교실 문을 연 세현이 멈칫했다. 웅성거리던 교실이 순식간에 조용해진 탓이었다. 숙이고 있던 고개를 들자, 반 아이들의 시선이 모두 세현에게 쏠려 있었다.

"이세현! 이번 수영 대회에서 일등 했다며?"

불쑥 날아온 목소리를 시작으로 여기저기서 말들이 왁자하게 터져 나왔다.

"일등이라니, 대단하다! 시 대회라고 하던데, 그럼 우리 시에서 네가 수영을 제일 잘하는 거야?"

"넌 좋겠다, 잘하는 게 있어서. 난 뭘 해야 좋을지 모르겠는데."

"야, 최은빈, 너 자는 거 잘하잖아. 어제도 수학 시간에 졸다가 혼나지 않았어?"

"죽을래, 이현우?"

"쟤들은 신경 쓰지 마. 맨날 저렇게 싸우니까. 그보다 교장 선생님이 다음 대회 때는 우리 반 애들 다 같이 응원 가도 좋다고 하셨대. 플래카드도 걸 거라고 하시더라."

반장이 의젓하게 축하 인사를 건넸다. 세현은 대충 고개만 끄덕인 후 자신의 자리로 걸어갔다. 차마 얼굴을 들 수 없었다. 이건 자신이 받을 인사가 아니라는 생각이 들었다.

어젯밤엔 악몽에 시달리느라 제대로 자지 못했다. 잠이 들 때마다 쫓기는 꿈을 꿔 화들짝 놀라서 깨곤 했다. 무엇에 쫓겼는지는 기억나지 않지만, 무척 무서웠던 것만큼은 분명했다. 세현은 선생님이 오기 전에 잠깐이라도 자려고 책상 위에 엎드렸다.

"이거."

그때, 머리 위에서 익숙한 목소리가 들렸다. 느릿하게 시선을 들자 눈앞에 딸기우유가 놓여 있었다.

"왜 그래? 딸기우유 처음 봐?"

민준이었다. 딸기우유를 내려놓고 옆자리에 앉던 민준이 "아, 맞다" 하며 세현을 돌아보았다.

"그거, 네가 일등 했다고 준 거 아니다?"

그 말에 세현이 두 눈을 동그랗게 떴다. 모두가 세현의 일등을 축하하는데, 일등을 해서 주는 게 아니라니.

"그럼 왜 준 건데?"

"너, 남들 안 볼 때도 엄청 열심히 연습했잖아. 나 풋살 동아리 하거든. 회사원 아저씨들도 있어서 일주일에 한 번씩 밤에 체육 공원에서 모이는데, 그게 너희 수영장 근처야."

세현은 처음 듣는 말이라는 듯, 두 눈을 더 크게 떴다. 그러자 민준이 머리를 긁적이다가 슬그머니 시선을 돌렸다.

"풋살이 거의 열두 시가 다 돼서 끝나는데, 항상 그때쯤 네가 수영장에서 나오더라고. 제일 마지막까지 있나 봐. 네가 가면 경비 아저씨가 문을 잠그시거든."

"맞아. 정규 연습은 아홉 시에 끝나는데, 나만 열한 시까지 남아서 연습해. 그 이후엔 수영장 물을 빼야 하거든."

기분이 이상했다. 아무도 모른다고 생각했던 자신의 노력을 알아봐 주는 사람이 있다는 게.

"그래서 네가 언젠가는 원하는 결과를 이룰 거라고 생각했어. 그러니까 그 딸기우유는 고생했다고 준 거야. 아무리 수영이 좋다고 해도, 그렇게까지 열심히 하는 사람은 잘 없잖아."

세현은 아무 말 없이 딸기우유를 만지작거렸다. 그날 우승한 건 자신의 실력이 아니었다. 나영과 민아의 컨디션이 좋지 않았기 때문이다. 아니, 자신이 두 사람의 컨디션을 나쁘게 만들었기 때문이다.

"사실은 나, 저번에도 네 경기 보러 갔었다?"

세현도 알고 있다. 눈이 마주쳤을 때 먼저 고개를 돌리고 도망쳤으니까. 민준은 서운하지도 않은지 씩 웃으며 말을 이었다.

"그때 너 오등 했는데, 굉장히 분하다는 표정을 짓고 있더라고. 함부로 아는 척도 못 할 만큼. 그런데 그 모습이 굉장히 멋져 보이더라."

"뭐? 지금 나 놀리는 거야?"

세현의 목소리가 대번에 뾰족해졌다. 오등이 멋져 보이다니, 말도 안 된다.

민준이 억울한 얼굴로 두 손을 저었다.

"아니, 진짜로. 분하다는 건 그만큼 열심히 했다는 증거잖아. 그렇지 않으면 화도 안 날걸? 난 시험에서 몇 점을 받든 분한 적이 없거든. 애초에 공부를 안 하니까 말이야."

"그게 뭐야……."

세현의 눈매가 천천히 누그러졌다.

"이번엔 안 분했겠네. 일등 하니까 기분이 어땠어?"

세현은 대답 대신 딸기우유만 노려보았다. 차마 좋았다고 거짓말을 할 수 없었다. 그렇다고 사실대로 말할 수도 없었다.

세현이 오랫동안 침묵하자, 머쓱해진 민준이 다시 머리를 긁적였다. 이제 막 도착한 앞자리 아이가 하품을 하며 민준에게 말을 걸었다.

"흐아암. 민준아, 매점 가자."

"나 별로 배 안 고픈데."

그렇게 말하면서도 민준은 자리에서 일어났고, 둘은 티격태격하며 교실을 나갔다. 그제야 세현은 다물고 있던 입술을 달싹였다. 자신의 귀에도 들리지 않을 만큼 작은 소리가 새어 나왔다.

"노력의 대가가 아니야. 난 그렇게 대단하지 않아. 아니, 사실은 엄청 비겁해."

일등을 하면 세상을 다 가진 느낌일 줄 알았다. 하지만 아니었다. 노력의 결과로 얻은 것이 아니라서 그런 것 같았다. 세현은 차마 딸기우유를 마시지 못하고 가방 깊숙한 곳에 숨겨 두었다.

절망을 졸여 만든 잼

"세현아!"

한 감독이 수영복으로 갈아입고 나오는 세현을 불러 세웠다. 한 감독은 요즘 세현의 안색이 어둡다는 것을 알고 있었지만, 이 소식을 들으면 세현도 방방 뛸 거라고 확신했다. 터벅터벅 걷던 세현이 그 자리에 멈춰 서서 감독을 돌아보았다.

"안녕하세요, 감독님."

"그래. 그보다 좋은 소식이 있단다."

"좋은 소식요?"

세현이 시큰둥하게 되물었다.

"백 감독님 알지? 백승훈 감독님."

당연히 안다. 수영 선수라면 모를 수가 없다. 올림픽에서 금메달을 딴 후 은퇴한 국가대표. 지금은 청소년 국가대표 감독을 맡고 있다.

"그 감독님께서 너를 염두에 두신 것 같다. 국가대표 상비군으로 말이다."

"예? 국가대표 상비군이요?"

세현은 두 눈을 동그랗게 뜨고 감독을 쳐다보았다. 한 감독은 세현이 놀랄 줄 알았다는 듯 흐뭇한 표정을 지었다.

"지난 대회에서 청소년 기록을 경신한 게 눈에 띈 모양이다. 사초나 앞당겼으니까 그럴 만도 하지. 백 감독님께서 오늘 이곳에 방문하기로 하셨다. 네가 수영하는 모습을 직접 보고 싶으시대. 그러니 경기라고 생각하고 사력을 다해야 한다. 알았지?"

세현은 조금도 기쁘지 않았다. 기쁘긴커녕 얼굴에 더욱 더 크게 그림자를 드리웠다. 청소년 기록을 경신한 건 자신의 실력이 아니다. 만약 나영과 민아가 평소의 컨디션이었다면, 분명 기록이 더 좋았을 것이다.

'청소년 국가대표가 되는 건 내가 아니라 나영이나 민아였을 거야. 내가 그 자리를 훔친 거야.'

"그 표정은 뭐냐? 기쁘지 않은 거냐?"

한 감독이 침울해진 세현을 보며 눈썹을 밀어 올렸다. "그럴 리가 없는데" 하고 고개를 갸웃거리며.

"감독님, 드릴 말씀이 있어요."

세현이 비장한 목소리로 한 감독을 불렀다.

"무슨 말?"

"사실은⋯⋯."

이제라도 진실을 밝혀야 한다. 그날 일을 고백하고, 잘못된 것을 바로잡아야 한다. 국가대표 상비군 자리도 원래 주인에게 돌아가야 한다.

'원래 주인이 누군데?'

세현은 하던 말을 멈추고 주먹을 꽉 쥐었다.

'제대로 확인하지 않고 물을 마신 나영이랑 민아의 책임도 있는 거 아냐? 컨디션을 잘 관리하는 것도 선수가 할 일이잖아.'

청소년 국가대표 감독이 만년 오등이었던 자신을 눈여겨보고 있다. 어쩌면 국가대표가 될 기회를 붙잡을 수도 있다. 그건 자신의 오랜 꿈이었다. 욕심이 났다.

"아니에요. 열심히 할게요."

세현이 두 눈을 빛내며 대답했다. 한 감독이 그럴 줄 알았다는 얼굴로 웃었다.

"좋아. 백 감독님 오시기 전에 몸 좀 풀어 둬라."

"예."

세현은 수영장을 나가는 감독의 뒷모습을 눈으로 좇았다. 심장이 쿵쾅쿵쾅 요란한 소리를 내며 뛰었다. 요즘 들어 이런 일이 잦았다. 자려고 누우면 온갖 상상이 세현을 괴롭혔다. 간신히 잠에 들면, 누군가에게 쫓기거나 절벽에서 떨어지는 악몽에 시달렸다.

원인은 알고 있다. 자신이 저지른 짓 때문일 것이다.

"아무도 몰라. 나만 입 다물고 있으면 돼. 이제 와서 진실을 고백한다고 다시 그때로 돌아갈 수 있는 것도 아니잖아. 어쩌면 나영이랑 민아가 컨디션이 좋았어도 내가 일등을 했을 수도 있고."

세현은 따끔거리는 양심을 모른 척하고 준비 운동을 시작했다. 그때, 점점 가까워지는 발소리가 들렸다. 고개를 돌리자 한 감독이 누군가와 대화를 나누며 수영장으로 들어오는 모습이 보였다. TV에서 여러 번 본 얼굴이다.

"세현아, 아까 말했던 백승훈 감독님. 감독님, 얘가 이세현입니다. 얼마나 열심히 하는지, 노력으로는 우리 세현이를 따라올 사람이 없습니다."

한 감독은 입에 침이 마를 정도로 세현을 칭찬했다. 백승훈이 하하하 웃으며 세현을 쳐다보았다.

"한 감독이 그렇게 말할 정도면 정말로 유망주인 모양이지. 가끔 늦게 빛을 보는 선수도 있으니까 중학생 때 두각을 나타내지 못한다고 실망할 건 없어요. 노력은 배신하지 않는 법이거든."

"감사합니다."

세현은 백승훈에게 꾸벅 고개를 숙였다. 그러자 백승훈이 "가볍게 200미터 괜찮아요?" 하고 물었다. 200미터를 가볍다, 라고 말할 수 있다는 게 백승훈다웠다. 그가 우리나라의 수영 200미터와 400미터 자유형 기록 보유자라는 사실이 떠올랐다.

"예, 감독님."

결연하게 고개를 끄덕인 세현이 곧장 다이빙대로 올라갔다. 한 감독이 따라오며 꽁꽁 얼어붙은 세현을 격려했다.

"세현아, 긴장하지 마. 긴장하면 몸이 굳어서 평소 실력의 반도 안 나온다. 알지? 대회처럼 마인드 컨트롤. 심호흡하고."

"예. 스읍, 하."

두어 번 숨을 들이마셨다가 내뱉은 세현이 "준비됐어요"라고 말하며 허리를 숙였다. 잘만 하면 국가대표 상비군이 될 수 있다는 말에 심장이 터질 것 같았다. 오랫동안 간직해 온 꿈이 손을 뻗으면 닿을 만큼 가까운 곳에 있었다.

한 감독이 호루라기를 입으로 가져갔다. 세현보다 더 긴장한 얼굴이었다. 어느새 스마트폰을 꺼낸 백승훈이 타이머에 손가락을 올려놓았다.

삑!

한 감독이 호루라기를 불었다. 그와 동시에 세현이 반사적으로 튀어 나갔다. 첨벙, 하는 소리와 함께 몸이 수면 아래로 가라앉았다. 세현은 딱 붙인 두 다리를 저으며 꼬리를 흔드는 인어처럼 유연하게 헤엄쳤다. 동그랗게 만 손으로 수면을 갈랐다.

'어?'

아니, 그러려고 했다. 그런데 팔다리가 움직이지 않았다. 몸이 물 위로 뜨지 않고 그대로 가라앉아 버렸다. 억지로 팔에 힘을 주었지만, 그럴수록 몸은 더욱 뻣뻣해지기만 했다.

처음 느끼는 감각이었다. 물은 언제나 세현이 마음대로 움직일 수 있는 곳이었다. 땅을 박차고 달리는 것보다 물속에서 달리는 게 더 편할 정도였다. 엄마의 잔소리도, 친구들의 수다도 들리지 않는 온전한 자신만의 공간.

그런데 손가락 하나 꼼짝할 수 없었다. 몸은 모래주머니를 매단 것처럼 자꾸만 아래로 가라앉았다. 숨이 막혔다. 폐가 쪼그라들었다. 산소가 필요했다. 물 위로 나가지 못하면 이대로 죽을지도 모른다는 생각이 들었다. 세현의 눈동자가 겁에 질렸다.

"세현아!"

그 순간, 커다란 손이 목덜미를 덥석 잡아당겼다. 미간을 잔뜩 찌푸린 한 감독이었다.

"너무 오래 안 올라와서 깜짝 놀랐다. 대체 어떻게 된 거야? 긴장한 거냐?"

세현은 숨을 헐떡이며 고개를 저었다.

"아니요, 이제 괜찮아요. 손 놓으셔도 돼요."

"정말이냐?"

"예."

한 감독이 미심쩍은 표정으로 손을 놓았다. 세현은 다시 물속으로 내려가 이를 악물고 팔다리를 휘저었다. 백승훈 감독이 지켜보고 있다. 그토록 바라던 국가대표가 되느냐 마느냐의 기로에서 있다. 절호의 기회를 날릴 수는 없었다.

그러나 세현은 여전히 손가락 하나 움직이지 못했다. 나무토막
처럼 딱딱하게 굳은 몸이 물밑으로 서서히 내려앉았다.

"이세현!"

감독이 다시 세현의 목덜미를 잡아 끌어올렸다. 물 밖으로 나
온 세현이 멍한 표정으로 수면을 바라보았다. 일렁이는 물결에
백승훈의 그림자가 비쳤다.

"감독님……."

한 감독은 세현을 안심시키려 애써 입꼬리를 당겼다.

"괜찮아. 다시 출발하면 돼. 진짜 경기도 아니니까 그렇게 긴장
할 필요 없다. 얼른 다이빙대로 올라가거라."

"……감독님."

"왜?"

호루라기를 들고 등을 돌리던 한 감독이 여전히 물속에 있는
세현을 보며 의아한 표정을 지었다. 그러다 백승훈의 눈치를 살
폈다.

"하하하. 세현이가 원래는 이렇게 긴장하는 애가 아닌데. 아무
리 큰 대회라도 떨지 않는, 알아주는 강심장이거든요. 백 감독님
께서 지켜보시는 게 부담이 되는 모양입니다."

"그럴 수도 있지."

백승훈이 이해한다는 듯 고개를 끄덕였다. 하지만 세현은 겁에

질린 목소리로 중얼거렸다.

"감독님, 몸이 안 움직여요."

"뭐라고?"

한 감독이 대수롭지 않게 고개를 돌리다 하얗게 질린 세현을 보고 움찔했다.

"팔다리가 안 움직여요. 수영을…… 수영을 할 수가 없어요."

그제야 심상치 않은 상황이라는 걸 눈치챈 한 감독은 세현의 곁으로 다가갔다.

"갑자기 그게 무슨 말이야? 수영을 할 수가 없다니. 다시 한번 해 봐라."

감독이 지켜보는 앞에서 세현은 재차 스트로크를 시도했지만, 그때마다 번번이 물 아래로 가라앉았다.

그 모습을 지켜보던 백승훈이 씁쓸하게 혀를 찼다.

"가끔 그런 선수들이 있지. 부담감을 이기지 못하고 사라지는 어린 선수들이."

"아닙니다. 세현이는 그런 아이들하고는 달라요."

한 감독이 황급히 변명했지만 백승훈은 실망감을 감추지 않았다. 세현은 무슨 말을 하려고 입술을 달싹였지만, 꽉 막힌 목구멍에선 어떤 소리도 새어 나오지 않았다.

백승훈이 미련 없이 등을 돌렸다. 세현 말고도 유망주는 하늘의 별만큼이나 많다. 슬럼프에 빠진 선수에게 투자할 시간은 없었다. 그는 뒤도 돌아보지 않고 그 자리를 벗어났다.

"감독님."

풀로 붙인 것처럼 딱 달라붙어 있던 세현의 입술이 그제야 떨어졌다. 혹시 몰라 백승훈이 나간 출입문을 끈질기게 쳐다보고 있던 한 감독이 긴 한숨을 내쉬었다. 그리고 애써 밝은 목소리로 세현을 위로했다.

"괜찮다. 또 기회가 올 거니까 너무 실망하지 마라."

"저, 이대로 수영 못 하게 되면 어떻게 해요?"

망연한 목소리에 무심코 고개를 돌린 한 감독은 두 눈을 크게 떴다. 세현이 울고 있었다. 만년 오등이란 별명 앞에서도 결코 울지 않던 세현이, 소리 없이 눈물을 뚝뚝 흘리고 있었다.

"저, 수영 그만두고 싶지 않아요, 감독님."

세현은 그 말을 하고 나서야 자신이 수영을 얼마나 좋아하는지 깨달았다. 그리고 그토록 좋아하는 수영을 하지 못하게 된 이유도 알아차렸다. 팔다리에 보이지 않는 모래주머니가 달린 게 아니었다. 자신을 바닥으로 잡아당기는 건 죄책감과 후회였다.

이제는 하교하자마자 수영장으로 달려갈 필요가 없었다. 세현은 남는 시간을 어떻게 써야 할지 감이 잡히지 않았다. 지금까지 자신의 일상에는 학교와 수영, 두 가지밖에 없었기 때문이다.

"가끔은 친구들과 놀기도 하고 그래라. 너무 수영에만 몰두해서 번아웃이 온 건지도 몰라. 기분 전환을 하면 도움이 될 거다.”

한 감독의 걱정이 담긴 조언을 떠올리며 가방을 메던 중, 막 교실을 나가는 소민과 지영이 보였다. 결심한 듯 입술을 앙다문 세현이 두 사람을 불러세웠다.

“소민아, 지영아.”

깔깔거리며 수다를 떨던 소민이 뒤를 돌아보았다.

“응?”

“집 가는 길에 코인 노래방 안 갈래?”

“네가 웬일이야? 우리가 놀자고 할 때마다 훈련 가야 한다고 했으면서.”

“당분간 훈련 안 가도 되거든.”

“왜?”

“그냥. 잠깐 쉬기로 했어.”

소민이 세현을 빤히 쳐다보았다. 세현은 설명을 하는 대신 어색하게 웃었다. 수영을 못 하게 되었다는 말은 하고 싶지 않았다.

사실 세현은 다시 수영을 할 수 있는 방법을 알고 있었다. 자신의 잘못을 고백하고, 나영과 민아에게 진심으로 사과하면 가슴에 얹힌 모래주머니가 떨어져 나갈 것이다. 그러나 실천은 생각처럼 쉽지 않았다. 잘못을 바로잡는 건 잘못을 저지를 때보다 더 큰 용기가 필요했다.

그때, 소민이 입술을 삐죽이며 고개를 돌렸다.

"우리 학원 가는 날이야. 엄마가 학원 한 번만 더 빠지면 가만안 둔다고 했거든. 가자, 지영아. 늦겠다."

"어? 으응. 먼저 갈게, 세현아. 내일 봐."

지영이 세현의 눈치를 살피며 소민의 뒤를 따라갔다. 세현은 그 자리에 우두커니 서서 멀어지는 소민과 지영의 뒷모습을 바라보았다.

"수영을 못 하게 되면, 나한테 남는 건 뭘까."

아무도 듣지 못할 혼잣말을 중얼거린 세현이 다시 걸음을 옮기기 시작했다. 오늘은 집에 일찍 가고 싶지 않았다.

"데몬이 하는 식당에서 밥이나 먹고 가야겠다."

평소엔 의식하지 못했는데, 혼자 운동장을 가로지르는 건 꽤 심심한 일이었다. 세현의 옆을 스쳐 지나는 아이들의 수다가 귓속으로 파고들었다.

"피시방 안 갈래?"

"아, 엄마가 또 피시방 가면 용돈 끊는다고 했는데."

"나는 저녁에 음방 봐야 해."

"너 아직도 터닝포인트 좋아해?"

"무슨 소리야? 요즘 터닝포인트가 대세인 거 몰라?"

조잘거리는 소음이 물결처럼 밀려왔다가 쓸려 갔다. 세현은 외딴 섬처럼 둥둥 뜬 채 아이들의 대화를 흘려들었다.

"오늘은 수영장 안 가?"

불쑥 날아든 낯익은 목소리에 뒤를 돌아보자, 가방을 한쪽 어깨에 멘 민준이 보였다. 세현의 입가에 희미한 미소가 맺혔다.

"응."

"왜?"

"그냥."

민준은 이유를 더 캐묻지 않았다. 세현이 용기를 내 민준에게 말을 걸었다.

"지금부터 뭐 해? 약속 있어?"

"아니."

"그럼 나랑 같이 밥 먹으러 갈래?"

"좋아."

민준이 흔쾌히 대답했다. 세현은 붉게 달아오른 얼굴을 감추려 얼른 바닥을 내려다보았다. 그런데 그때.

"이세현."

누군가가 세현의 이름을 불렀다. 어딘가 익숙한 목소리다, 라고 생각하며 주위를 두리번거리던 세현이 두 눈을 크게 떴다. 교문 앞에 나영과 민아가 서 있었다.

"너희가 왜……."

세현은 말을 하다 말고 멈추었다. 다른 학교에 다니는 두 사람이 이곳엔 웬일일까 궁금했던 것도 잠시, 자신을 노려보는 싸늘한 눈빛에 심장이 쿵 하고 내려앉았다.

팔짱을 낀 민아가 뾰족한 목소리로 쏘아붙였다.

"이세현, 우리 물통에 변비약 넣은 사람, 너지?"

세현은 그대로 숨을 멈추었다. 얼굴에서 핏기가 가시는 게 느껴졌다. 손끝이 차가워졌다. 굳은 분위기 속에서 민준의 눈치를 살피며 가까스로 발뺌해 보았다.

"그, 그게 무슨 말이야?"

"모르는 척하지 마. 증거가 다 있으니까."

그 말에 나영이 고개를 끄덕였다. 언제나 웃는 얼굴로 먼저 인사하던 나영도 차가운 눈으로 세현을 쏘아보고 있었다.

"결승전 직전에 나랑 민아가 동시에 배탈이 났어. 물맛도 좀 이상했고, 물통 밑에는 하얀 가루가 가라앉아 있었어. 그래서 감독님이 성분 분석을 의뢰하셨는데, 변비약이 들어 있었대. 라커 룸 앞 복도에 CCTV 있는 거 알아? 결승전 직전에 혼자 라커 룸에 있었던 사람은 너밖에 없어."

"그렇게 우승이 하고 싶었니? 그런 비겁한 짓을 하면서까지?"

"아니, 난……."

세현이 급하게 입을 열었다. 무슨 말이든 하고 싶었지만, 뭐라고 해야 좋을지 알 수 없었다. 그때, 지금 가장 듣고 싶지 않은 목소리가 대화에 끼어들었다.

"이게 다 무슨 소리야?"

천천히 고개를 돌리자, 얼굴을 잔뜩 찌푸린 민준이 세현을 쳐다보고 있었다.

"이세현, 저 애들 말이 사실이야? 네 노력으로 우승을 차지한 게 아니란 거, 진짜냐고."

세현은 민준의 눈동자에 어린 실망감을 보았다. 그게 다른 어떤 비난보다 날카롭게 심장을 할퀴었다.

"그게 아니라……."

"그게 아니면, 쟤들이 거짓말이라도 하고 있다는 거야?"

민준의 물음에 아무 말도 할 수 없어진 세현이 두 팔을 늘어뜨리고 고개를 숙였다. 순식간에 눈앞이 뿌옇게 흐려졌다. 뚝뚝 떨어진 눈물이 시멘트 바닥에 검은 점을 찍었다.

"흐으, 미안해……. 정말 미안해……."

세현에겐 잘못을 바로잡을 기회가 몇 번이나 있었다. 변비약을 넣을까 말까 고민하던 때, 대회에서 일등을 차지했을 때, 혹은 집으로 돌아와 침대에서 엉엉 울던 그때. 그것도 아니면, 수영을 못 하게 된 때라도.

세현은 나영과 민아에게 사실을 말하고 용서를 구했어야 했다. 하지만 국가대표 상비군이라는 자리가 욕심났다. 시상대 가장 높은 곳에 서 보고 싶었다. 그래서 양심의 가책을 모른 척하고 비겁한 짓을 저질렀다. 딱 한 번이면 된다는 말로 자신을 설득했다.

"지금 우리 감독님이 수영 협회에 찾아가셨어. 이번 일을 공론화하실 거래. 기자들도 부르실 거야. 넌 협회에서 제명당할 거고,

두 번 다시 수영을 할 수 없게 될 거야."

세현의 몸이 덜덜 떨렸다. 세상 사람 모두가 자신이 한 짓을 알게 될 것이고, 제게 손가락질을 할 터다. 그 순간, 깊은 절망감이 세현을 집어삼켰다. 세현은 끈이 잘린 인형처럼 그 자리에 털썩 주저앉고 말았다.

*

세현의 눈에서 눈물이 후드득 떨어졌다. 무심코 눈을 문지르던 세현이 이내 두 눈을 동그랗게 떴다. 선명해지는 시야에 자신을 노려보는 나영과 민아가 아니라 새카만 눈동자를 가진 소년과 까마귀가 들어왔기 때문이다.

"어? 이게 어떻게 된 일이지?"

멍하니 중얼거리던 세현은 그제야 자신이 이상한 까마귀를 따라 낯선 식당에 들어온 것을 기억해 냈다. 까마귀 이름이 파주주라고 했던가? 사장이라고 하기엔 너무 어린 소년의 이름도 기억났다. 이름이라기보다 닉네임 같던.

"데몬……?"

"떡볶이가 너무 매운가요, 손님?"

어리둥절한 표정으로 시선을 떨구자, 파란색 접시에 담긴 빨간 떡볶이가 보였다. 귤과 샤인 머스캣이 들어간 괴상한 떡볶이.

'많이 피곤했나? 앉아서 꿈을 꿨나 봐.'

손등으로 남은 눈물을 슥슥 닦아 낸 세현이 머쓱한 표정을 지었다.

"아니에요. 진짜 맛있어요."

"다행이네요."

"……예, 다행이에요."

세현도 자그맣게 중얼거렸다. 정말로 다행이었다. 그런 일이 실제로 벌어지지 않아서. 자신이 그런 짓을 저지르지 않아서.

문득, 수영을 시작하게 된 이유가 생각났다. 세현은 수영이 좋았다. 몸에서 힘을 빼면 물 위에 둥둥 뜨는 것도 신기했고, 팔다리를 휘젓는 만큼 앞으로 나아가는 것도 마음에 들었다.

그때까진 엄마가 없으면 아무것도 못 하는 어린아이였는데, 처음으로 혼자 할 수 있는 것이 생겼다. 그래서 엄마를 졸라 매일같이 수영장에 갔다. 그 후에는 '혜성같이 등장한 수영 천재'라는 칭찬이 좋아서 더 열심히 했다.

그때, 데몬이 시원한 복숭아 음료를 한 잔 따라 주었다.

"서비스입니다."

"감사합니다."

음료수를 한 모금 마시자 얼얼하던 입이 가라앉았다. 데몬이 남은 음료를 냉장고에 넣으며 무심하게 말했다.

"한국 여자 배구 선수 중 세계적으로 유명한 선수 있잖아요?"

세현이 컵을 입에 문 채 데몬을 건너다보았다. 데몬은 냉장고 문을 닫고 자리로 돌아왔다.

"그분도 중학생 때까지는 키가 작아서 주전으로 못 뛰었대요. 그래도 포기하지 않고 열심히 연습했죠. 그런데 고등학교 1학년이 되자, 키가 갑자기 20센티미터나 컸답니다. 그때부터 두각을 나타내기 시작했고요. 만약 키 때문에 배구를 포기했거나, 주전이 아니라고 연습을 게을리했다면 기회가 왔어도 잡지 못했을 거예요."

그 말에 세현이 두 눈을 동그랗게 떴다.

"제가 키 때문에 고민하고 있다는 걸 어떻게 알았어요?"

"아까 손님이 말씀하셨잖아요."

"제가요?"

세현은 어리둥절한 얼굴을 했다. 엄마 아빠한테도 이야기하지 않은 고민을 잘 알지도 못하는 식당 주인에게 말했다는 사실이 당혹스러웠다.

데몬이 마음 편해지는 미소를 지었다.

"가끔은 다른 사람한테 속마음을 얘기하는 게 도움이 돼요. 그럼 막연하던 감정이 형체를 갖춰서 자신의 감정을 더 명확하게 볼 수 있거든요. 그리고 또 때로는 가까운 사람보다 낯선 사람에게 속마음을 얘기하기가 더 편할 때도 있죠."

"사실 조금 전까지는 수영을 그만두려고 했는데, 생각이 바뀌었어요. 좀 더 노력해 보려고요. 그러다 보면 저도 기회가 왔을 때 잡을 수 있겠죠."

데몬은 아무 말 없이 고개만 끄덕였다. 응원도 격려도, 조언도 잔소리도 없었다. 어쩌면 그 선수와 달리 세현은 키가 크지 않을 지도 모른다는 지적도 하지 않았다. 그래서 오히려 마음이 편했다. 가끔은 낯선 사람에게 속마음을 얘기하는 게 더 편할 수도 있다는 데몬의 말이 맞았다. 고민을 털어놓으면 자신을 걱정할 걸 알기에, 가까운 사람에겐 할 수 없는 말도 있으니까.

"잘 먹었습니다."

순식간에 떡볶이 한 접시를 비운 세현이 후련한 표정으로 "얼마가요?" 하고 물었다. 바가지를 씌워도 한 번쯤은 봐 주자고 생각하며. 데몬이 "돈은 이미 지불……"이라고 말하는 찰나, 심드렁하게 깃털을 정리하던 파주주가 재빨리 끼어들었다.

"그 머리핀이면 돼."

"정말 이 머리핀이면 된다고요? 이거 비싼 거 아닌데요."

"잔말 말고 내놔. 참, 별점이랑 리뷰 쓰는 거 잊지 말고."

까마귀 입에서 별점과 리뷰 얘기가 나오자 뭔가 이상했다.

"아니지. 이상한 건 까마귀가 말을 하는 게 제일 이상하지."

혼잣말을 중얼거린 세현이 머리핀을 빼 검은색 벨벳 방석에 올려놓았다. 머리핀에 박힌 큐빅이 조명에 반사되어 오색찬란하게 반짝였다. 파주주가 황홀한 표정으로 머리핀에 뺨을 비비며 방석 위를 뒹굴었다.

"감사합니다, 손님."

데몬의 인사에 세현이 환하게 웃었다.

"세현이에요, 이세현. 사장님은 몇 살이에요? 저랑 비슷할 것 같은데."

"백열…… 아니, 열여섯 살입니다, 손님."

"나랑 동갑이네. 그럼 편하게 데몬이라고 불러도 돼요?"

"물론이죠."

처음 온 식당에서 처음 본 사람과 이런 말을 하고 있다니. 세현은 귀신에 홀린 듯한 기분이 들었다. 하지만 머릿속은 한결 개운해졌다.

"그럼 데몬, 잘 먹었어. 또 올게!"

오늘은 엄마에게 당당하게 외출을 했다고 말할 수 있을 것 같았다. 세현이 손을 흔들곤 식당을 나갔다. 문 위에 매달아 놓은 종이 달랑, 하고 흔들렸다.

데몬은 방금까지 세현이 앉아 있던 자리에 작은 병 하나를 가져갔다. 검은 안개가 스멀스멀 병 속으로 빨려 들어갔다.

"할아범, 절망은 흔한 감정이긴 하지만, 이건 순도 높은 감정이야. 환상으로 극한의 상황까지 가서 그만큼 더 진해졌지."

정신을 놓고 방석 위를 구르던 파주주가 힐끗 시선을 던졌다.

"방금 본 환상은 그냥 환상이 아니죠. 수많은 미래 중 일어날 확

률이 가장 높은 미래입니다. 그 일이 실제로 벌어졌다면 더 순도 높은 절망을 얻을 수 있었을 텐데요."

그 말에 데몬이 착잡한 표정을 지었다.

"그건 내키지 않아. 저 애는 누구보다 열심히 노력했잖아. 한순간의 실수로 모든 게 수포로 돌아가는 건 왠지 아쉬워."

파주주가 혀를 끌끌 찼다.

"그러니 주인님께서 작은 주인님을 걱정하시는 겁니다. 악마란 자고로 피도 눈물도 없이 냉혹해야 하는 법. 그런데 작은 주인님은 마음이 너무 여려요. 고작 인간을 동정하다니요? 장차 마계의 주인이 되실 분이 말입니다."

데몬은 입술을 삐죽였다. 귀에 못이 박히도록 들었다. 부모님을 닮지 않았다는 말도, 후계자에 어울리지 않는다는 말도.

데몬이 주방으로 걸어가며 툴툴거렸다.

"지금 절망을 졸여서 잼으로 만들어 먹을 건데, 할아범은 먹지 않겠다는 말이지?"

그 말에 파주주가 당장 날아올랐다. 발톱으로 야무지게 머리핀을 움켜쥔 채.

"그럴 리가요? 저는 처음부터 작은 주인님께서 훌륭한 후계자라고 생각했습니다. 당장 잼을 만듭시다!"

"잠깐만. 냄비에 설탕과 절망을 일대일 비율로 넣고, 불을 켜……으악!"

"작은 주인님!"

까마귀가 커다란 날개를 퍼덕였다. 크게 솟았던 불길이 금세 잠잠해졌다.

"방금 넣으신 건 물이 아니라 기름이었습니다!"

"나도 알아! 잠깐 헷갈린 것뿐이야!"

"요리를 책으로 배우니 그렇죠!"

"잔소리는 그만해, 할아범! 자꾸 그럴 거면 마계로 돌아가!"

조용한 주택가가 소란스럽게 들썩였다. 해가 지자 가게 앞에 세워 둔 입간판의 글자가 빛을 뿜었다.

악마의 레시피,

환상적인 맛의 세계로 여러분을 초대합니다!

이상한데 맛있는 소고기뭇국

"손님이 없어도 너무 없는 거 아닙니까? 이러다간 망하는 것도 시간문제입니다. 거리에 나가 봐도 다들 뭐가 그리 행복한지 하하 호호 웃는 인간들뿐이고, 부정적인 기운을 가진 인간은 눈을 씻고 봐도 없어요. 이럴 게 아니라 굶어 죽기 전에 마계로 돌아가는 것이 어떻습니까, 작은 주인님? 지금쯤이면 주인님의 화도 풀렸을 텐데요."

데몬이 시무룩한 표정으로 손등에 턱을 괴었다. 해사한 소년의 얼굴이 금방이라도 울 것처럼 일그러졌다.

"역시 나 혼자서는 아무것도 못 하나 봐, 할아범. 그리고 마계로 돌아가도 어차피 내가 할 수 있는 일은 없는걸. 마계 역사상 가장 뛰어나다는 부모님을 뒀는데, 정작 나는 마력도 거의 없잖아. 차라리 이대로 소멸하는 편이 마계를 위한 걸지도 몰라."

방금까지 잔소리를 하던 파주주는 안절부절못하는 기색으로 데몬의 머리 위를 빙글빙글 돌았다. 퍼덕거리는 날갯짓 소리가 요란했다.

"아닙니다. 요즘 인간 세상의 자영업이 포화 상태랍니다. 작은 주인님뿐만 아니라 모두 힘들단 얘기죠. 이건 개인의 문제가 아니라 사회 구조의 문제입니다! 제가 국회에 나가서 자영업자를 위한 시스템을…… 이게 아니라, 밖에 나가서 실의에 빠진 인간을 유혹해 오겠습니다. 저만 믿으십시오, 작은 주인님!"

비장하게 선언한 파주주가 열린 창으로 쌩하니 날아갔다. 데몬은 검은 점이 되어 사라지는 파주주의 뒷모습을 바라보며 긴 한숨을 내쉬었다.

"엄마 아빠도 내가 돌아오지 않기를 바랄지도 몰라. 부모님을 닮지 않은 내가 부끄러울 테니까."

데몬의 부모님은 마계의 지배자다. 누구보다 고귀하고 거룩한 피를 타고난 순혈 악마들.

하지만 지금 마계는 나날이 쇠퇴하고 있다. 이제 악마의 존재를 믿는 인간은 없고, 영혼을 팔아 악마와 계약하는 인간도 없다.

인간의 부정적인 감정, 이를테면 절망, 질투, 열등감, 좌절 같은 것을 먹고 사는 악마들은 기근에 시달리고 있다. 새로운 악마는 태어나지 않고, 약한 악마들은 계속 사라져 간다.

처음에는 다들 대수롭지 않게 생각했다. 마계엔 악마가 넘쳐

났고, 쾌적한 삶을 위해 약한 악마는 없어지는 편이 낫다는 의견이 지지를 받기도 했다. 그러다 정신을 차리고 보니 악마의 반이 사라졌다.

그제야 마계에 위기감이 퍼지기 시작했다. 이러다 악마라는 존재가 모조리 사라지는 것은 아닐까? 뒤늦게 대책을 세우려고 다들 발을 굴렀지만, 이렇다 할 방법은 없었다. 과학이 발달한 인간 세상에서 악마의 존재는 미신에 지나지 않았고, 그나마도 점차 잊히고 있었으니까.

악마들이 체념한 순간, 데몬이 태어났다. 덕분에 기대가 온통 데몬에게 쏠렸다. 악마들은 두 위대한 악마 사이에서 탄생한 데몬이 무너져 가는 마계를 구할 수 있을 거라고 생각했다.

하지만 데몬은 모두의 기대에 미치지 못했다. 소심한 성격과 작은 체구 때문만은 아니었다. 위대한 왕의 후계자라고는 믿을 수 없을 정도로 미미한 마력이 가장 문제였다. 악마들의 기대는 실망으로 바뀌었고, 그 실망감을 느낄 때마다 데몬은 자신이 점점 더 작아지는 기분이 들었다.

그들은 데몬이 아니라 데몬의 뒤에 있는 부모님의 그림자를 보고 있다. 데몬이 무엇을 하든 부모님의 힘엔 미치지 못할 테고, 그러니 영원히 그들을 만족시킬 수도 없을 것이다.

그래서 악마들이 원하는 게 아니라 자신이 원하는 걸 하고 싶었다. 혼자서도 할 수 있다는 걸, 부모님의 후광이 없어도 자신에게 능력이 있다는 걸 모두에게 보여 주고 싶었다. 그러나 영 뜻대로 되지 않았다.

"아차차."

데몬은 머리 위에서 꾸물거리는 검은 연기를 흐트러뜨렸다.

"내가 우울해하면 어쩌자는 거야? 가뜩이나 손님이 없어서 감정을 먹지도 못했는데, 있는 마력까지 낭비하면 안 되지. 아, 배고파. 이러다 쥐똥만 한 마력마저 바닥나서 꼴사납게 마계로 끌려가는 거 아냐?"

그건 최악의 결과다. 데몬이 입술을 삐죽이던 그때.

달랑!

종이 울렸다. 가게 문이 빼꼼하게 열리며 노을 진 햇살이 긴 꼬리를 들이밀었다.

"어서 오세요! ……어?"

반갑게 인사하던 데몬이 두 눈을 동그랗게 떴다. 만난 적 있는 인간이었다. 데몬은 상대의 이름을 떠올리려는 듯 잠시 시선을 허공에 두었다. 오래지 않아, 데몬의 입에서 손님의 이름이 흘러나왔다.

"세현 님?"

"우리 말 놓기로 하지 않았어?"

"아, 어, 안녕?"

데몬이 다시 어색하게 인사했다. 세현은 곧바로 들어오지 않고 가게 문을 붙잡고 섰다. 데몬이 눈을 깜빡이는 사이, 열린 문으로 두 사람이 더 들어왔다. 세현과 또래로 보이는 여자아이들이었다. 그제야 문에서 손을 뗀 세현이 바 테이블로 걸어왔다.

"앉아, 얘들아. 내가 말한 식당이 여기야. 여기 음식 말야, 왜 맛있는지 모르겠지만 정말 맛있어."

그 말에 데몬이 히죽 웃었다. 그러다 눈썹을 살짝 밀어 올리곤 세현을 유심히 살피다 "있잖아, 혹시……" 하고 말을 걸었다.

"너 키 컸어?"

"티 나? 겨우 2센티미터밖에 안 컸는데."

웃음을 참는 듯 세현의 입꼬리가 실룩거렸다. 데몬은 천천히 고개를 끄덕였다.

"저번보다 미세하게 눈높이가 높아진 것 같아서."

"그렇구나. 이대로 쭉쭉 크면 좋을 텐데. 그럼 기록도 단축할 수 있을 거고."

세현은 말을 하면서도 참 이상하다고 생각했다. 딱 한 번 본 아이에게 이런 이야기를 술술 할 수 있다는 게.

기록 이야기는 엄마에게도 함부로 하지 않았다. 아무리 노력해도 제자리였고, 그걸 인정하는 건 자존심이 상했기 때문이다. 그런데 막상 말을 하고 나자, 생각보다 별일 아닌 것처럼 느껴졌다.

"잘됐네. 이쪽은 친구들이야?"

"응. 얘는 소민이고, 이쪽은 지영이. 여기는 이 가게 사장님이자 셰프인 데몬이라고 해."

세현이 세 사람을 한 명씩 가리키며 소개했다. 호기심 어린 눈으로 데몬을 관찰하던 소민이 불쑥 상체를 내밀었다.

"우리랑 동갑인데 어떻게 벌써 식당 사장이야? 학교는 안 다녀? 아니면 유학 다녀왔어?"

"뭐, 비슷해."

데몬은 어색하게 웃으며 말끝을 흐렸다. 소민이 부러운 표정을 지으며 "와!" 하고 탄성을 터뜨렸다.

"어쩐지! 이름이 데몬이라 외국에서 살다 온 것 같았어. 그나저나 멋있다. 나는 아직 뭘 하고 싶은지 모르겠는데, 벌써 식당을 하다니. 허락해 주신 부모님도 대단하다."

소민은 처음 보는 데몬과도 스스럼없이 수다를 떨었다. 그런 행동이 익숙하지 않은 듯 데몬이 세현을 바라보았다. 데몬과 눈이 마주친 세현이 머쓱하게 웃었다.

"그동안 너무 연습에만 몰두한 것 같아서 가끔은 친구들이랑 놀기도 하려고."

"잘 생각했어. 그래서 다들 뭘 먹을 거야?"

그 말에 소민이 주위를 둘러보았다.

"메뉴판은 없어?"

"손님이 먹고 싶은 건 뭐든 만들 수 있어."

데몬의 말에 소민이 또다시 "와!" 하고 감탄했다.

"뭐든지? 멋있다. 우리랑 동갑이라는 게 안 믿겨. 지영이 넌 뭐 먹고 싶어?"

잔뜩 들뜬 소민과 달리 지영은 차분하게 생각에 잠겼다. 그리고 잠시 후, "네가 먹고 싶은 거 먹어. 난 아무거나 괜찮아"라고 대답했다. 그럴 줄 알았다는 듯 소민이 세현을 돌아보았다.

"난 피자 먹고 싶은데, 세현이 넌 어때?"

"좋아. 마침 나도 피자가 먹고 싶었어."

소민이 데몬을 보며 눈을 반짝반짝 빛냈다.

"피자 만들 수 있어?"

"물론이지."

데몬이 검은색 앞치마를 두르고 위생 장갑을 꼈다. 불안한 눈으로 주위를 둘러보던 세현이 주방으로 걸어가는 데몬을 향해 물었다.

"파주주가 없네?"

그 말을 들은 데몬이 주방 창 너머로 세현을 보았다.

"잠깐 외출했어."

"파주주라니? 그게 누군데?"

궁금한 것을 못 참는 소민이 가게 안을 두리번거렸다. 세현은 언제 불길이 치솟을까 걱정하며 데몬에게서 눈을 떼지 못했다.

"머리핀을 좋아하는 까마귀."

"까마귀?"

소민이 영문을 모르겠다는 표정으로 고개를 갸웃거렸다. 그러다 배시시 웃으며 말했다.

"그런데 진짜 웬일이야? 우리가 놀자고 해도 매일 연습 간다면서 거절하더니, 오늘은 세현이 네가 먼저 놀러 가자고 했잖아."

"몇 번이나 놀자고 해 줬는데, 매번 거절해서 미안했어."

"에이, 아니야."

세현이 순순히 사과하자, 소민은 눈알을 굴리며 시선을 피했다. 언젠가 지영에게 세현을 두고 재수 없다고 말했던 것이 마음에 걸린 탓이었다.

"앞으로는 종종 같이 놀러 다니자. 피자 먹고 나서 코인 노래방 갈까?"

"사진 찍으러 가자. 역 앞에 인생 사진 찍는 가게 새로 생겼던데."

"그래. 지영이 넌 어때?"

가만히 앉아 있던 지영은 제게 시선이 쏠리자 얼굴을 붉히며 고개를 끄덕였다. 그때, 주방에서 우당탕탕 하는 소리가 들렸다. 동시에 고개를 돌린 세 사람은 주방에 있는 데몬과 눈이 마주쳤다. 데몬의 입가가 미소를 띤 채 어색하게 굳어 있었다.

"아주 사소한 실수를 한 것뿐이야. 신경 쓸 필요 없어. 레시피대로 착착 만들고 있으니까."

세현이 그럴 줄 알았다는 듯 한숨을 내쉬었다. 두 사람에게 데몬이 요리를 책으로 배웠다는 말을 할까 말까 고민하다가 관뒀다. 모르는 편이 나을 것 같았기 때문이다.

소민의 수다가 끊길 즈음이 되어서야 데몬이 동그란 접시를 들고 주방에서 나왔다.

"와······?"

감탄을 터뜨리려던 소민의 목소리가 점점 미심쩍은 빛을 띠었다. 그럴 만도 했다. 피자에 있어서는 안 될 것이 보였으니까. 한 손에 포크를 쥔 세현이 두 눈을 가늘게 뜨고 보라색 재료를 뒤적였다.

"이건 뭐야?"

그 질문을 기다렸다는 듯, 데몬이 자신만만하게 입을 열었다.

"인간들은, 아니, 사람들은 제철 음식을 좋아하잖아. 제철 음식이 건강에 좋기도 하고."

"그래서 피자에 가지를 넣었단 말이야?"

소민이 시무룩한 눈으로 피자를 보며 "나 가지 싫어하는데" 하고 중얼거렸다.

"일단 먹어 봐."

데몬의 말에도 소민과 지영은 선뜻 손을 뻗지 못했다. 두 사람을 이곳으로 데려온 세현이 먼저 피자 한 조각을 들어 입으로 가져갔다. 그러곤 덥석 베어 물었다.

지영이 조심스럽게 물었다.

"어때?"

"우우웅!"

입에 피자가 가득 차서 제대로 된 말이 나오지 않았다. 하지만 표정만으로도 그 뜻이 전해진 모양인지, 소민이 불신 가득한 표정으로 세현을 흘겨보았다.

"맛있다고? 말도 안 돼."

어른스러운 지영도 이번만큼은 쉽게 손이 가지 않는 듯했다. 그도 그럴 게, 엄마가 가지 반찬을 해 줄 때마다 투정을 부려서 혼난 적이 한두 번이 아니었다.

"날 믿고 딱 한 입만 먹어 봐."

세현의 말에 지영이 용기를 내 손을 뻗었다.

"흡!"

크게 심호흡을 하고, 피자를 한 입 베어 물었다. 지영의 작은 눈이 곧 동그래졌다. 서둘러 음식을 삼킨 지영은 감탄 어린 표정으로 소민을 돌아보았다.

"엄청 맛있어!"

"정말이야? 둘 다 나 속이는 거 아니지?"

두 눈을 가늘게 뜬 소민이 끝까지 두 사람을 의심했다.

"진짜라니까. 한번 먹어 봐."

지영까지 그렇게 말하자, 하는 수 없다는 듯 소민도 피자 한 조각을 들었다. 그러곤 입으로 가져갔다.

와삭.

가지가 씹혔다. 평소의 물렁물렁한 식감이 아니었다. 오히려 과자처럼 바삭바삭했다. 게다가 토마토소스와도 제법 잘 어울렸다. 자칫 강하게 느껴질 수 있는 토마토의 맛을 가지와 치즈가 잡아 주었다. 전체적으로 담백하고 건강한 맛인데, 감칠맛도 돌았다.

"어? 정말 맛있는데?"

두 볼을 빵빵하게 채운 세현이 고개를 끄덕였다. 세 사람은 게 눈 감추듯 피자를 먹어 치웠다. 데몬이 얼음 컵에 콜라를 따라 세 사람 앞에 놓아 주었다.

"음료수는 서비스야."

"고마워."

"역시 피자엔 콜라가 어울려."

시원한 탄산이 느끼함을 깔끔하게 씻어 내려 주었다. 콜라를 한 모금 마신 소민은 다시 처음처럼 피자를 먹었다.

"아, 배부르다."

마지막 조각까지 해치운 소민이 배를 두드리며 의자에 널브러졌다. 그러다 반짝이는 눈으로 데몬을 바라보았다.

"진짜로 맛있었어. 장난으로 식당을 하는 게 아니구나. 나, 이렇게 가지 맛있게 먹은 거 처음이야. 우리 엄마가 알면 깜짝 놀랄걸?"

"맛있게 먹어 줘서 고마워."

"친구들한테 꼭 추천할게. 세현아, 너 훈련 없는 날 또 오자."

"그래."

"이제 사진 찍으러 가자!"

세 명이 나눠서 돈을 낸 뒤, 소민이 기세 좋게 외치며 앞장섰다. 세현이 그 뒤를 따랐고, 지영이 가장 마지막으로 식당을 나갔다. 문이 닫히기 직전, 지영은 잠시 그 자리에 멈춰 서서 식당 안을 둘러 보았다.

지영과 눈이 마주친 데몬이 친절한 미소를 지었다.

"먹고 싶은 게 있으면 언제든 와."

그러자 지영이 당황한 표정으로 문을 닫았다.

달칵.

데몬은 바 위에 놓인 지폐를 보며 "쓰지도 않는 걸 받았네" 하고 중얼거렸다. 그러다 방금까지 지영이 앉아 있던 자리로 고개를 돌리며 히죽 웃었다.

"그래도 쟤는 곧 다시 올 것 같으니까."

그때, 까마귀가 열린 창으로 들어왔다. 추락하는 비행기처럼 바 테이블에 비상 착륙한 파주주는 날개로 얼굴을 감싸며 흐느꼈다.

"흐으윽, 작은 주인님. 절망에 빠진 사람을 찾지 못했습니다. 이대로면 작은 주인님은 곧 굶어서 돌아가시고 말겠죠. 흐으윽, 이 파주주, 작은 주인님을 양지바른 곳에 묻어 드리겠습니다."

"악마는 소멸하는 거 몰라? 아니, 그것보다 왜 내가 죽는다는 걸 전제로 말하는 거야?"

데몬이 부루퉁하게 중얼거렸다. 날개에 코를 킁 풀던 파주주가 "어? 누가 왔다 갔습니까? 희미하지만 이건……" 하고 물었다.

데몬이 닫힌 문을 보며 대답했다.

"기다려 봐. 내일 중으로 새로운 손님이 올 테니까."

"예?"

"어두운 기운에 휩싸인 사람은 이곳에 끌리게 되어 있거든. 본능적으로 말이야."

"예?"

파주주가 영문을 모르겠다는 표정으로 계속 되물었다. 데몬은 "설거지할 거니까 귀찮게 하지 마"라는 말을 남기고 돌아섰다.

꼬르륵.

어디선가 우렁찬 소리가 들렸다. 데몬의 귓불이 순식간에 발갛게 물들었다.

"흐으윽, 작은 주인님이 드디어 굶어 죽……!"

"조용히 해, 할아범!"

주방에서 프라이팬 하나가 날아왔다. 파주주는 프라이팬을 잽싸게 피했다. 우당탕! 벽에 부딪힌 프라이팬이 바닥에 나뒹굴며 요란한 소리를 냈다.

*

　지영은 식당 앞에서 한참을 머뭇거렸다. 손잡이에 '영업 중'이라는 팻말이 달려 있었지만, 선뜻 문을 열고 들어가기가 힘들었다. 아무리 생각해도 자신이 왜 이곳에 왔는지 알 수 없었다.

　'어제 먹은 피자가 그렇게 맛있었나?'

　물론 생각보다 맛있긴 했지만, 소름 끼칠 만큼 맛이 좋았던 건 아니다. 그보다 맛있는 피자도 당장 두 개 정도는 생각난다.

　'그럼 왜?'

　다시 한번 질문을 던졌지만, 이번에도 답을 알 수 없었다.

　'에잇, 모르겠다.'

　몇 번이나 손잡이를 잡았다가 놓기를 반복하던 지영이 심호흡을 하곤 문을 밀었다.

　달랑!

　문 위에 달린 종이 울렸다. 지영은 그 소리에 화들짝 놀라 짧게 비명을 지르고 말았다.

　"어서 오세요."

　데몬이 웃으며 인사했다. 고작 종소리에 놀란 게 부끄러워 얼굴이 빨개진 지영은 쭈뼛거리며 식당 안으로 들어갔다.

　"저기, 기억할지 모르겠는데……."

　"당연히 기억하지. 어제 세현이랑 같이 왔던 친구잖아. 지영이라고 했지?"

"응."

"거기 그러고 서 있지 말고 이리 와서 앉아."

데몬은 친절하게 자리를 권했다. 주위를 두리번거리던 지영이 동그란 나무 의자 위에 앉았다. 그리고, 새카만 눈동자와 눈이 마주쳤다.

"꺅!"

지영은 또다시 비명을 질렀다. 깃털을 고르던 까마귀가 "무례하긴" 하고 중얼거렸다. 그러다 코를 킁킁 울리며 "이게 무슨 냄새야?" 하더니 지영을 빤히 쳐다보았다.

"깜짝이야!"

지영이 눈을 동그랗게 뜨고 손가락으로 까마귀를 가리키며 더듬더듬 말을 이었다.

"바, 방금 까마귀가 말을……."

"신경 쓰지 마."

데몬이 대수롭지 않게 대꾸했다. 데몬의 천연덕스러운 얼굴을 보자 까마귀가 말을 하는 것 따위는 그리 중요한 일이 아닌 것 같기도 했다.

"그보다."

데몬은 싱긋 웃으며 테이블 너머로 상체를 기울였다. 가까워진 거리만큼 지영의 얼굴이 붉어졌다.

"오늘은 뭘 먹을래?"

"음......."

지영은 마치 수학 문제를 암산하듯 눈썹을 찌푸리고 허공을 노려보았다. 그러나 퍼뜩 떠오르는 음식이 없었다. 메뉴를 정하는 건 언제나 소민의 몫이었다. 소민은 늘 먹고 싶은 게 있었고, 그것을 솔직하게 말했다. 그럼 지영은 그냥 고개를 끄덕이기만 했다.

그런데 오랜만에 직접 메뉴를 고르자니 여간 고민되는 게 아니었다. 따지고 보면 혼자서 식당에 온 것부터가 놀라운 일이긴 하다. 평소에 혼자 밥을 먹을 거라면 굶는 편이 낫다고 생각했는데 말이다.

'오늘은 이상한 일투성이야.'

지영은 데몬을 쳐다보았다.

"혹시 추천해 줄 수 있어? 아니면 네가 가장 잘 만드는 거."

"네가 먹고 싶은 걸 주문해야지. 그러려고 오는 식당이잖아."

"......그렇긴 하지."

지영이 씁쓸하게 대꾸했다. 그러고도 한참 동안 아무 말도 하지 못했다. 데몬은 재촉하지 않고 조용히 기다렸다. 시간이 지날수록 지영의 시선이 아래로 떨어졌다. 지영은 결국 어깨를 움츠리며 데몬을 힐끗 쳐다보았다. 데몬이 답을 정해 주길 바라듯.

그때 낯선 목소리가 둘 사이에 끼어들었다.

"자기가 뭘 먹고 싶은지도 모르는 인간이군."

깜짝 놀란 지영이 데몬을 쳐다보았다. 그러나 데몬은 입을 다물고 있었다.

"쯧쯧."

못마땅하게 혀를 차는 소리가 날아왔다. 고개를 돌리자 아까 그 까마귀가 한심하다는 눈으로 지영을 쳐다보고 있었다. 벨벳 방석 위에 놓인 머리핀을 부리로 콕콕 찌르던 까마귀는 마치 핀을 자랑이라도 하듯 으스댔다.

지영은 두 눈을 느리게 깜빡였다. 어째서인지 머리핀이 낯익었다. "어디서 봤더라?" 하고 중얼거리는 찰나, 까마귀가 거만한 태도로 입을 열었다.

"이봐, 인간."

"응? ······예?"

반말을 하던 지영이 서둘러 존댓말로 바꾸었다. 까마귀에게서 알 수 없는 위압감이 느껴진 탓이었다.

"죽기 전에 마지막으로 뭘 먹고 싶나?"

"죽기 전? 으음."

지영이 또다시 고민된다는 얼굴로 허공을 올려다보았다. 부엉이 모양의 벽시계가 지영을 내려다보고 있었다. 초침이 부엉이 얼굴을 세 바퀴 반쯤 돌고 나서야, 지영은 자신 없는 목소리로 대답했다.

"엄마가 끓여 준 소고기뭇국?"

"좋아. 소고기뭇국이란 말이지?"

데몬이 앞치마 끈을 매듭지으며 "냉장고에 재료가 있으니까 금방 해 줄 수 있어"라고 했다. 지영이 변명처럼 말을 덧붙였다.

"사실 난 햄버거나 피자 같은 양식보다 담백한 한식을 더 좋아하거든. 이상하지?"

"아니? 그게 왜?"

데몬은 정말로 모르겠다는 표정으로 지영을 보았다. 지영은 데몬과 눈이 마주치기 무섭게 고개를 숙이고 말았다.

친구들이 뭘 먹고 싶냐고 물으면 지영은 돌솥밥이나 김치찌개 같은 음식을 말하곤 했다. 자기가 좋아하는 음식을 친구들도 맛있게 먹어 줬으면 했다. 하지만 그때마다 돌아오는 대답은 똑같았다.

"하하하. 그게 뭐야? 아줌마 같아."

"그런 건 집에서도 먹을 수 있잖아. 햄버거나 먹으러 가자."

그래서 언제부턴가 자신의 의견을 말하는 게 불편해졌다. 그냥 친구들이 하자는 대로 따라가는 게 더 편했다. 그럼 비웃음을 당할 일도 없고, 친구의 기분을 상하게 했을까 봐 걱정할 필요도 없으니까.

"잠깐만 기다려. 세상에서 가장 맛있는 소고기뭇국을 끓여 줄 테니까."

자신만만하게 선언한 데몬이 주방으로 들어갔다. 엄마가 끓여 준 소고기뭇국보다 맛있진 않을 거라는 생각을 하면서도 지영은 데몬의 뒷모습에서 눈을 떼지 못했다.

열여섯 살에 식당을 운영하는 게 쉬운 일은 아닐 것이다. 이상하다고 말하는 사람도 많을 터다. 당장 자신부터 데몬을 신기하게 보지 않았던가. 그런데도 데몬은 남들의 시선을 의식하지 않고 자신이 하고 싶은 걸 하고 있다. 그게 참 대단해 보였다.

"나라면 절대 못 했을걸."

지영이 누구도 듣지 못할 혼잣말을 중얼거리는데, 주방에서 "으아악!" 하는 비명이 터져 나왔다.

"작은 주인님!"

그 순간, 까마귀가 순식간에 주방으로 날아갔다. 활짝 펼친 날개가 마치 독수리처럼 커다랬다. 지영은 "으악!" 하고 소리를 지르며 반사적으로 고개를 숙였다. 머리 위로 횡, 하고 바람이 분 것 같았다.

잠시 후, 주방 쪽에서 데몬의 겸연쩍은 목소리가 들려왔다.

"그렇게 호들갑 떨 것 없어, 할아범. 소금과 설탕을 헷갈린 것뿐이야. 소금을 넣어야 하는데 설탕을 넣었어."

"그러니까 통에 라벨을 붙여 놓으라고 했잖아요."

"요리사는 그런 거 없이도 한눈에 설탕인지 소금인지 알아야 한다고. 라벨을 붙여 놓으면 꼴사납잖아."

"무슨 일을 하든 기본이 가장 중요한 법입니다."

"잔소리할 거면 당장 나가, 할아범. 내 일은 내가 알아서 할 테니까. 난 어린애가 아니라고!"

"그게 무슨 소립니까? 제가 작은 주인님의 기저귀를 간 게 바로 엊그제 일인데요."

"난 기저귀 같은 거 차지 않았어!"

"인간으로 치자면 그렇다는 거죠. 그런데 소고기뭇국을 끓이신다면서, 손에 든 그건 뭡니까?"

"나만의 레시피니까 신경 쓰지 마."

지영은 얼떨떨한 표정으로 눈만 깜빡였다. 몇 번이고 눈을 감았다가 떴지만, 데몬은 여전히 까마귀와 말싸움을 하고 있었다.

"말하는 까마귀……."

모든 게 이상했다. 까마귀가 말을 하고, 열여섯 살짜리 아이가 식당을 운영하는 게.

그런데 어째서인지 그럴 법했다. 평소라면 슬쩍 자리에서 일어나 나갔겠지만, 지영은 그저 멍하니 앉아 고개를 끄덕였다.

"앵무새 사촌쯤 되는 까마귀인가 봐."

그때, 데몬이 두 손으로 쟁반을 받치고 나와 지영 앞에 내려놓았다. 김이 모락모락 피어올랐다.

"주문하신 소고기뭇국 정식 나왔습니다!"

"와!"

지영은 진심으로 감탄했다. 네모난 쟁반에 하얀 쌀밥과 소고기뭇국이 놓여 있었다. 그리고 작은 종지에 멸치볶음과 시금치무침, 계란말이가 담겨 있었다.

"만들어 둔 밑반찬이 없어서 급하게 했어. 초라해 보이지만, 맛은 자신 있어. 얼른 먹어 봐."

"아니야. 그 짧은 시간에 이걸 다 했다니, 굉장한데?"

지영의 숟가락이 가장 먼저 국그릇으로 향했다. 엄마가 끓여 준 소고기뭇국은 맑았는데, 데몬이 만든 뭇국은 붉은색이었다. 지영이 의문을 가졌다는 걸 알아챈 데몬이 설명했다.

"경상도식으로 고춧가루를 넣어서 얼큰하게 끓여 봤어. 담백한 걸 좋아한다고 하긴 했지만, 매운 걸 먹으면 스트레스가 풀리니까."

"아, 고춧가루를 넣는 소고기뭇국도 있구나."

지영은 국을 떠 입으로 가져갔다. 데몬이 긴장한 채 물었다.

"어때?"

"맛있어! 너무 맵지도 않고, 딱 좋아. 너 정말 요리 잘하는구나!"

데몬이 어깨를 으쓱했다. 지영의 눈에 네모나게 썬 무가 보였다. 이번에는 무를 하나 입에 넣었다. 적당히 남아 있는 아삭한 식감과 단맛…… 단맛?

"응? 이게 뭐야?"

지영이 물어봐 주길 기다렸다는 듯, 데몬은 눈을 반짝이며 대답했다.

"딱복이야."

"딱복? 설마…… 딱딱한 복숭아 말이야?"

"응. 여름 무는 맛이 없으니까, 식감이 비슷하면서 단맛이 나는 복숭아로 대체해 봤어. 내 비장의 레시피지."

"소고기뭇국에 무 대신 복숭아가…… 어, 이상하다. 근데 왜 맛있지?"

지영은 연신 고개를 갸웃거리며 국을 떠먹었다. 얼큰한 고춧가루가 복숭아의 단맛을 중화시켜서 생각보다 맛있었다.

이번에는 밥을 크게 한술 떴다. 꼭꼭 씹자 쌀에서 은은하게 달달한 맛이 났다. 멸치볶음과 시금치무침, 계란말이도 정성이 가득 들어가 있어 어느 것 하나 부족함이 없었다.

"이상한데, 맛있어. 정말 맛있어."

지영이 연신 감탄하자 데몬이 환하게 웃었다.

"제 음식을 맛있게 먹어 준 손님에게 환상을 선물하죠."

"응?"

지영이 영문을 모르겠다는 시선을 던졌다. 그러나 데몬은 설명 대신 빙긋 웃기만 했다. 곧 지영의 시야가 뿌옇게 흐려지기 시작했다.

친구의 시작은 콩나물밥

눈이 부셨다. 지영은 그것이 반짝이는 물결 때문이라는 사실을
뒤늦게 알아차렸다. 창에서 쏟아지는 초여름 햇살이 수면 위에서
찬란하게 부서졌다.

"여기가 어디지?"

주위를 둘러보던 지영은 자신이 수영장 응원석에 앉아 있다는
걸 깨닫곤 어리둥절한 표정을 지었다. 옆에 앉은 소민이 실없는
웃음을 흘리며 지영의 옆구리를 쿡 찔렀다.

"갑자기 무슨 소리야? 어디긴 어디야, 세현이 경기 응원하러 왔
잖아. 그새 졸았어?"

"세현이 경기? 아, 맞다."

그제야 지금이 수영 대회 결승전이 시작되기 직전이라는 것이
떠올랐다. 어째서 잊고 있었던 거지? 전국의 선수들이 출전하는

아주 큰 대회라고 했다. 우리 학교 학생이 기세에서 밀리면 안 된다며, 교장 선생님이 반 아이들의 응원을 특별히 허락해 주어서 온 것이었다.

"와, 나까지 긴장돼. 어쩌지?"

소민이 손톱을 잘근잘근 씹으며 말했다.

"그런데 정말 대단하지 않니? 세현이 말이야. 매번 이런 긴장감을 견디면서 경기를 했다니. 왠지 우리랑 다른 존재처럼 느껴져. 나라면 꿈도 못 꿨을 거야."

"응, 그러게."

응원석 맨 앞자리에 앉은 민준이 보였다. 주먹을 꽉 쥔 민준은 몸을 풀고 있는 세현에게서 눈을 떼지 못했다. 다른 아이들도 마찬가지였다. 다들 자신이 경기에 나가는 것처럼 긴장이 역력한 모습이었다.

지영은 다시 한번 "응" 하고 고개를 끄덕였다. 자신이라면 이렇게 많은 사람의 시선을 견디지 못했을 것이다.

그때, 스트레칭을 하던 세현이 아이들 쪽으로 시선을 던졌다. 그러자 입을 다물고 있던 반 아이들이 마치 짜기라도 한 것처럼 한목소리로 외쳤다.

"이세현 파이팅!"

"이세현 이겨라!"

세현은 피식 웃으며 고개를 돌렸다. 잠시 세현과 민준의 눈이 마주치는가 싶었지만, 세현은 이내 시합에 집중한 표정으로 스트레칭에 전념했다.

곧 심판의 구령에 맞추어 선수들이 다이빙대 위로 이동했다.

"으아아……."

소민이 앓는 소리를 내며 지영의 팔짱을 꼈다. 그리고 해설자라도 된 양 주절주절 수다를 늘어놓았다.

"그거 알아? 예선 기록에 따라 레인이 결정된대. 저기 4번 레인에 있는 검은색 수영복을 입은 선수가 예선에서 일등을 했다는 뜻이지. 이름이 한나영이랬나? 어쨌든 중요한 건 2번 레인에 있는 세현이는 예선 때 사등이었다는 거야."

"언제 그렇게 공부했어?"

"어젯밤에 세현이랑 통화했거든. 이런저런 얘기를 나누다 보니까 두 시간 넘게 한 거 있지? 결국 엄마한테 혼나고 나서야 끊었어."

그 말에 지영의 얼굴이 조금 굳었다. 소민이 세현과 통화했다는 얘기는 처음 들었다. 자기 전에 소민은 늘 지영에게 메시지를 보내곤 한다. 내용은 별거 없다. 잠이 안 온다거나, 내일 급식이 뭐냐고 묻거나, 자신이 좋아하는 아이돌 얘기를 하거나. 대체로 쓸데없는 잡담이다.

그런데 어제는 메시지가 오지 않았다. 한참을 기다리던 지영은 마침내 스마트폰을 들었다. 소민의 메시지에 답하는 데 익숙해져 있어서 먼저 연락하는 건 무척 오랜만이었다. 그래서 뭐라고 보내야 할지 계속 고민했다. 누군가에게는 무척 쉬운 일이, 지영에게는 한없이 어렵기만 했다.

[무슨 일 있어? 오늘은 연락이 없길래. 음방 보고 있어?]

지영은 소민에게서 답이 올 때까지 스마트폰을 손에서 떼지 못했다. 양치를 하면서도, 침대에 누워서도 몇 번이나 메시지가 왔는지 확인했다.

그러고도 답장이 없자, 혹시 자신이 소민의 기분을 상하게 했나 싶어 이전에 보낸 메시지를 다시 읽어 보았다. 그러다가 평소보다 늦게 잠이 들었지만, 끝내 연락은 오지 않았다.

'세현이랑 늦게까지 통화하느라 내가 보낸 메시지에 답장할 시간이 없었구나.'

기분이 묵직하게 가라앉았다. 물론 두 사람이 통화하는 데 자신의 허락이 필요한 건 아니지만, 그 사실을 혼자만 모르고 있었다는 게 서운했다.

"시작한다!"

지영의 팔을 꼭 잡은 소민이 숨을 멈추었다. 그와 동시에 탕! 하고 출발 신호가 울렸고, 모든 선수가 완만한 포물선을 그리며 물속으로 뛰어들었다.

수면 아래에서 인어처럼 다리를 흔들며 앞으로 나아가던 선수들이 마침내 물 위로 올라왔다. 그러곤 맹렬하게 팔을 휘젓기 시작했다. 분위기가 순식간에 변했다. 손으로 물살을 가를 때마다 하얗게 일어나는 물보라와 생각보다 빠른 속도에 응원석은 긴박감으로 가득 찼다.

"와아아! 이세현, 파이팅!"

"이세현! 이세현! 이세현!"

반 아이들은 경기장이 주는 분위기에 휩쓸려 저도 모르게 흥분했다. 응원 소리가 뇌성처럼 커다랗게 수영장을 뒤흔들었다. 지영 역시 아랫입술을 꽉 깨문 채 역영을 펼치는 세현을 지켜보았다.

"제발, 제발, 세현아……."

세현은 4위였다. 삼등과 격차가 얼마 나지 않았지만, 거리가 좀처럼 좁혀지지 않았다. 이대로라면 결승점까지 순위가 유지될 것 같았다. 괜히 입안이 바짝바짝 마르고 엉덩이가 들썩거렸다.

이변이 일어난 것은 선수들이 100미터 지점을 막 지났을 때였다. 삼등과 사등의 격차가 조금씩 줄어들더니, 150미터 즈음이 되어선 세현이 삼등으로 올라섰다.

"와아아!"

"꺄아악!"

반 아이들이 환호성을 질렀다. 마치 아이돌 콘서트장을 방불케 하는 열기였다. 평소 세현과 데면데면하던 아이들도 오늘만큼은 자기 일처럼 몰입했다.

"1위까지 가라!"

"고 세현! 고 세현!"

누가 시킨 것도 아닌데 모두 목이 터져라 세현의 이름을 연호했다. 세현이 마지막 턴을 했다. 결승점까지 딱 50미터가 남았다. 목소리를 높이는 법이 거의 없는 지영도 어느새 핏대를 세우며 파이팅을 외치고 있었다.

"세현아, 힘내!"

평소 같으면 생각할 수도 없는 일이지만, 지영은 잔뜩 흥분된 분위기에 물들었다.

마지막 순간, 세현이 스퍼트를 시작했다. 이등과 삼등이 거의 동시에 결승점에 도착했다.

방금까지 소란스럽던 수영장이 순식간에 조용해졌다.

"뭐야? 누가 먼저 들어왔어?"

소민이 지영을 돌아보며 물었다. 지영이 고개를 저었다.

"나도 모르겠어."

두 사람은 전광판만 뚫어지게 쳐다보았다. 반 아이들도 마른침을 꿀꺽 삼키며 전광판을 응시했다.

세현은 숨을 몰아쉬며 물안경을 벗었다. 그리고 담담한 눈으로 전광판을 올려다보았다. 당사자인 세현보다 반 아이들이 오히려 더 긴장한 표정을 짓고 있었다.

검은 전광판에 불빛이 하나둘 깜빡이더니, 마침내 결과가 떴다.

2위: 2번 레인 2:00:38

"와아아!"

다시 함성이 터졌다. 반 아이들은 마치 자신이 우승을 한 것처럼 수영장이 떠나가라 소리를 질렀다.

"꺅!"

소민이 자리에서 벌떡 일어나 발을 동동 굴렀다. 그러곤 두 손을 입가에 대고 크게 소리쳤다.

"잘했어, 세현아!"

전광판을 보던 세현이 응원석 쪽으로 고개를 돌리며 손을 흔들었다. 아이들이 함성으로 화답했다. 소민은 아직도 흥분이 가시지 않은 듯 숨을 헐떡이며 지영을 돌아보았다.

"세현이 정말 멋있지 않아? 나 올림픽도 이렇게 열심히 안 봤는데, 진짜 긴장감 장난 아니다."

"응!"

지영은 참았던 숨을 몰아쉬며 고개를 끄덕였다. 그리고 꽉 쥐고 있던 주먹을 풀었다. 그제야 손바닥이 땀으로 흥건해졌다는 것을 알아차렸다. 저도 모르게 긴장했던 모양이다.

주먹 쥔 손을 위로 뻗으며 환하게 웃는 세현의 모습이 보였다.

세현이 얼마나 열심히 연습했는지 알기에, 지영도 덩달아 뿌듯한 마음이 들었다.

소민이 세현을 향해 두 팔을 흔들며 지영을 돌아보았다.

"와, 이세현, 이렇게까지 멋있을 줄 몰랐는데. 이거 전국 대회라고 하지 않았어? 그런데 이등이라니? 그럼 전국에서 이등이라는 거잖아! 이럴 게 아니라 우리끼리 축하 파티라도 해야 하는 거 아냐? 어디 가지? 세현이한테 뭐 먹고 싶은지 물어봐야겠다. 아, 저번에 그 식당은 어때? 세현이가 우리 데려간 식당 있잖아. 데몬이 사장인 식당. 이름이 뭐였더라?"

"악마의 레……."

"세현아, 여기야, 여기!"

지영의 말이 끝나기도 전에 소민은 응원석 앞으로 달려갔다. 커다란 타월을 두른 세현이 응원석을 향해 걸어오고 있었다. 소민이 세현을 덥석 끌어안았다. 물에 젖은 세현이 당황한 표정으로 소민을 밀었지만, 소민은 옷이 젖든 말든 신경 쓰지 않았다.

"네가 내 친구라는 게 자랑스러워!"

지영은 그 모습을 물끄러미 내려다보았다. 세현의 경기 결과에 지영도 기뻤다. 축하하는 마음은 거짓이 아니다. 그런데 어째서 기분이 가라앉는지 모르겠다.

'내가 소민이랑 더 친한데.'

불쑥 그런 생각이 들었다. 그러고 나서야 자신이 침울해진 이유를 알아차렸다.

소민과 자신은 반에서도 단짝이고, 같은 학원에 다니며, 시간만 나면 붙어 다녔다. 엄마는 그런 둘을 보며 "친자매도 너희처럼 자주 만나진 않겠다"라고 혀를 내둘렀다.

그런데 언젠가부터 소민이 세현과 어울리기 시작했다. 자신에겐 뭐가 먹고 싶은지 물어보지 않으면서 세현에겐 꼬박꼬박 뭐가 먹고 싶은지 물어봤다. 자신과 연락하던 시간에 세현과 통화를 했고, 자신에겐 한 번도 한 적 없는 말을 세현에게 했다.

"네가 내 친구라는 게 자랑스러워!"

내가 친구라 자랑스러웠던 적은 없었던 걸까?

지영은 자꾸만 꼬리에 꼬리를 무는 생각을 끊지 못하고 물속으로 깊이 가라앉았다. 환하게 웃고 있는 소민과 세현의 모습이 마치 다른 세상에 있는 것 같았다.

"으아아, 학교 가기 싫다. 중학생이 왜 이렇게 일찍 다녀야 하는 거야? 미국 중학생들은 우리보다 늦게 등교한다던데."

눈도 제대로 못 뜬 소민이 지영에게 팔짱을 낀 채 거의 끌려가다시피 걸음을 옮겼다. 지영이 핀잔 섞인 웃음을 흘렸다.

"어제 또 늦게 잤구나?"

"응. 유튜브 보다가. 분명 쇼츠 하나만 봐야지 했는데, 순식간에 세 시간이 지나 있더라."

"누가 널 말리겠니."

"음방 직캠이 올라와서 그래. 최애 거만 보려고 했는데 다른 멤버들 것까지 다 봤지 뭐야. 참, 오늘 수요일이지? 점심 뭐야?"

"하여간, 학교에 급식 먹으러 가는 정소민답다."

절레절레 고개를 젓던 지영이 스마트폰을 꺼냈다. 그리고 급식 메뉴를 보며 하나씩 읊었다.

"치킨 마요 덮밥에."

"오오!"

"유부 장국에."

"에이."

"치즈볼에."

"오오!"

"아이스망……."

"어? 저기 세현이 아냐?"

지영의 말에 일일이 환호와 야유를 보내던 소민이 한 곳을 가리켰다. 그러곤 방금까지 졸음과 사투를 벌이던 사람답지 않게 함박웃음을 지으며 달려갔다.

"세현아!"

"어? 소민이네. 안녕?"

지영은 세현에게 팔짱을 끼는 소민을 보며 천천히 발걸음을 옮겼다. 뒤늦게 지영을 발견한 세현이 손을 흔들었다.

"안녕?"

"안녕."

지영도 웃으며 인사했다. 소민과 세현이 앞서 걸어가서, 지영은 뒤처지지 않으려고 걸음을 서둘렀다. 지영의 시선이 세현의 팔을 잡은 소민의 두 손으로 향했다.

소민이 경쾌한 목소리로 말했다.

"오늘 점심 치킨 마요 덮밥이다? 완전 좋지? 빨리 점심시간 됐으면 좋겠어."

"아직 학교 도착도 안 했는데 벌써 점심 얘기야?"

"그야 당연하지. 학교 가는 이유가 점심 말고 뭐가 있어? 이건 비밀인데, 사실 우리 엄마 음식 진짜 못 하거든. 그래서 난 하루 중 학교에서 점심 먹는 시간이 제일 좋아."

그 말에 세현이 까르르 웃음을 터뜨렸다. 농담이라고 생각한 모양이다. 하지만 지영은 소민의 어머니가 정말로 요리를 못 하신다는 걸 알고 있다.

소민이 마침 생각났다는 듯 물었다.

"아, 참, 우리 축하 파티 해야지. 너 뭐 먹고 싶어?"

"글쎄."

생각에 잠겨 있던 세현이 지영에게 시선을 던졌다.

"지영이 넌 뭐 먹고 싶어?"

"난 아무거나 괜찮아. 너희가 먹고 싶은 걸로 골라."

"음, 그럼 전에 갔던 그 식당 갈까?"

세현은 동의를 구하듯 소민과 지영을 바라보았다. 소민이 어딘지 알겠다는 듯 되물었다.

"악마의 레시피 말이지?"

"응. 거기는 말하는 건 뭐든 만들어 주니까."

"좋아. 실은 나도 거기 가는 게 어떨까 했거든. 그런데 그 가게 주인, 데몬 말이야. 진짜 특이하지 않아? 우리랑 동갑인데 벌써 식당을 한다는 게 말이 안 되잖아. 학교는 안 다니는 걸까? 엄마한테 데몬 얘기를 했더니 중학교는 의무 교육이라 꼭 다녀야 한다고, 아마 잠깐씩 부모님 일을 도와주는 걸 거라고 했거든."

소민의 수다는 오늘도 끝이 없었다. 지영은 한 걸음 뒤에서 두 사람의 대화를 들으며 천천히 계단을 올라갔다. 아무리 걸음을 재촉해도 두 사람을 따라잡을 수가 없었다. 둘과 지영 사이엔 딱 한 걸음만큼의 거리가 있었지만, 왠지 아주 멀리 있는 것처럼 느껴졌다.

"아, 맞다. 네가 말한 배구 선수 말이야, 나도 찾아봤는데, 대단하긴 엄청 대단하더라. 그 선수가 네 롤 모델이야?"

"응. 그 선수도 중학생 때까지는 나처럼 키가 작아서 계속 벤치 멤버였는데, 포기하지 않고 꾸준히 연습했다더라. 그래서 고등학생이 되어서 키가 쑥쑥 자랐을 때 단번에 주전을 꿰찰 수 있었던 거래. 뭐, 이것도 데몬이 얘기해 준 거지만."

"너 데몬이랑 친한가 봐. 그런데 네 키가 작은 거야? 우리랑 비슷하지 않아?"

"수영 선수치고는 작아. 수영 선수는 키랑 팔 길이가 중요하거든."

"하긴, 빨리 결승점을 찍어야 하니까 그렇겠다."

"뭐, 수영할 때도 유리하고."

"그렇구나. 아, 우리 오빠가 초등학생 때 키가 작아서 우유 엄청 마셨는데. 너도 우유 좀 마셔 봐."

"지금도 이미 충분히 마시고 있거든?"

"그래?"

지영은 모르는 얘기였다. 두 사람의 대화에 나오는 배구 선수가 누구인지도, 세현이 키 때문에 고민하고 있었다는 것도. 그런데 둘은 아주 자연스럽게 이야기를 나눴다. 그렇다는 말은 소민과 세현이 따로 대화를 했다는 소리다. 통화를 했든, 메시지를 주고받았든.

드라마로 따지면, 지영은 자신이 주인공의 친구쯤 될 거라고 생각했다. 혹은 이웃 주민. 그것도 아니면 지나가는 사람. 눈에 띄지 않는 타입인 지영은 단 한 번도 주인공인 적이 없었다. 그리고 누구도 지영에게 관심을 주지 않았다.

지영도 그게 마음이 편했다. 사람들이 자신을 주목하고 자신의 말에 귀를 기울이면 어쩐지 불편했다. 주인공을 돋보이게 하는 주변인 정도로 충분하다고 생각했다. 주인공만 가득한 드라마는 재미없으니, 약방의 감초 같은 자신도 꼭 필요하지 않겠는가.

그런데 처음으로 존재감이 없다는 것이 비참하게 느껴졌다. 갑자기 없어져도 아무도 알지 못하는 주변인의 존재가 서글펐다. 이대로 먼지가 되어 사라지고 싶었다.

체육복으로 갈아입고 교실로 돌아온 지영이 주위를 두리번거렸다. 다들 벌써 체육관으로 갔는지, 남아 있는 아이는 두 명뿐이었다. 소민의 모습이 보이지 않아 저도 모르게 당황한 표정을 짓고 말았다.

"먼저 갔을 리는 없는데."

"김지영, 빨리 체육관 안 가고 뭐 해?"

이번 주 당번인 재훈이 한 손에 든 열쇠를 빙글빙글 돌리며 물었다.

"네가 나가야 나도 문을 잠그지."

"아……, 미안해."

아직 인사도 제대로 한 적 없는 재훈과의 대화가 어색했다. 머뭇거리던 지영은 용기를 쥐어짜 내 말을 이었다.

"소민이가 아직 안 온 것 같아서 기다리려고. 먼저 가. 내가 문 잠그고 갈게."

"정소민? 정소민은 아까 이세현이랑 갔는데?"

순간 지영의 얼굴이 빨개졌다. 그것도 모르고 소민을 기다리겠다고 한 자신이 얼마나 우스웠을까.

"그래? 몰랐어."

지영은 재훈의 시선에서 도망치듯 교실을 나왔다. 체육관까지 가는 길이 무척 길게 느껴졌다. 누가 자신을 쳐다볼까 봐, 왜 혼자 다니는지 궁금해할까 봐 바닥만 내려다보며 걸음을 옮겼다. 땅에 떨어진 돈이라도 찾는 것처럼 끈질기게.

체육관에 도착하자 반 아이들이 옹기종기 바닥에 앉아 있었다. 그 안에 소민과 세현의 모습도 보였다. 지영은 섣불리 끼어들지 못하고 그 자리에 우두커니 서 있었다.

'저기로 가도 될까? 어쩌면 소민이는 나랑 같이 놀고 싶지 않아서 날 두고 갔는지도 몰라.'

생각 끝에 다른 곳으로 가려고 등을 돌리려는 순간, 때마침 고개를 든 소민과 눈이 마주쳤다. 시선을 피하려고 했지만, 이미 늦었다. 소민이 지영을 향해 두 팔을 휘적휘적 젓기 시작했다.

"어? 지영아, 여기!"

지영은 평소와 다름없는 소민이 당황스러웠다. 눈썹을 치뜬 소민은 아무렇지 않은 얼굴로 "빨리 와!" 하며 소리를 질렀다.

지영이 쭈뼛거리며 소민이 있는 쪽으로 가고 있는데, 소민이 세현을 돌아보며 검지를 입술 위로 가져갔다. "쉿, 비밀이야" 하고 속삭이는 소리도 들렸다. 세현은 웃음을 참는 얼굴로 고개를 끄덕였다.

'두 사람이 비밀 얘기를 했구나. 뭘까? 설마 내 이야기를 한 걸까?'

지영의 걸음이 느려지자 소민이 "으이구" 하며 잔소리를 했다.

"도대체 어디 있다가 이제 온 거야? 아무리 찾아도 안 보여서 먼저 왔더니만."

"체육복 갈아입다가 교복에 소스가 묻은 걸 발견해서 그거 지우고 오느라고."

"소스? 너 나 몰래 뭐 먹었어?"

소민이 두 눈을 게슴츠레하게 뜨며 의심스러운 시선을 던졌다.

"아니, 아까 점심에 먹은 치킨 마요……."

푸하하! 지영의 대꾸는 세현의 웃음소리에 묻혔다. 큰 소리로 웃던 세현이 소민의 어깨를 때리며 핀잔을 날렸다.

"너는 어떻게 맨날 먹는 얘기밖에 안 하냐?"

"그런 말 하지 마. 나 요즘 다이어트하느라 예민하거든?"

"다이어트? 네가? 좀 전에도 젤리 한 봉지 다 먹지 않았어?"

"그거 50그램밖에 안 돼. 아무리 살이 쪄도 50그램밖에 안 찐다는 거지."

소민의 당당한 대답에 세현이 어이없다는 표정을 지었다.

"와, 그것참 신기한 이론이네."

"그게 과학이라는 거야. 질량 보존의 법칙, 몰라?"

잘난 체를 하던 소민의 얼굴에 문득 부럽다는 표정이 떠올랐다. 그러곤 입술을 삐죽이며 세현의 팔뚝을 꼬집었다.

"세현이 너는 많이 먹어도 살이 안 찌니까 몰라. 점심 먹고 매점에서 빵이랑 우유 사 먹고 온 거 다 알아. 안 그래, 지영아?"

"응? 어, 응."

지영이 서둘러 고개를 끄덕이며 맞장구를 쳤다. 그 말을 들은 세현이 두 손을 허리에 올리며 거드름을 피웠다.

"내 하루 연습량이 얼마나 되는지 알아? 그만큼 안 먹으면 운동을 할 수가 없다고."

"나도 운동을 해야 하나. 그건 싫은데."

소민의 푸념과 함께 수업 종이 울렸다. 곧이어 체육 선생님이 들어왔다. 삼삼오오 흩어져 있던 아이들이 오밀조밀 모였다.

체육 선생님은 볼 때마다 트레이닝복을 입고 있다. 소민이 물고 온 소문에 따르면, 출근할 때도 트레이닝복 차림이라고 했다.

"오늘은 저번 시간에 이어서 배구를 할 거다. 5교시라 배도 부르고, 등도 따뜻해서 잠이 오지?"

"네!"

"스트레칭으로 몸부터 풀 거니까 두 명씩 짝을 지어라."

"네에!"

아이들이 옆에 있는 친구와 짝을 짓기 시작했다. 당연하게 소민을 돌아보던 지영이 멈칫했다. 세현과 장난을 치던 소민이 킥킥거리며 웃고 있었다.

"나 전에 배구 하다가 날아오는 공 얼굴로 받아서 기절했잖아."

"정말 정소민다운 에피소드다."

지영은 이런 순간이 가장 난감했다. 선생님은 항상 대수롭지 않게 친구와 짝을 지으라고 하지만, 선뜻 누군가에게 "같이하자"라고 말하기가 어려웠다. 자신의 성격이 왜 이렇게 소심한지 알 수 없었지만, 그 짧은 한마디를 하는 데도 남들보다 더 큰 용기가 필요했다.

'만약 거절당하면? 상대방이 곤란해하면 어쩌지?'

이런 오만가지 생각이 머릿속을 떠돌았다. 그래서 끝내 아무 말도 하지 못하고 마지막 순간까지 쭈뼛거리다가 남은 한 명과 짝을 하거나 혼자 스트레칭을 하곤 했다.

하지만 소민과 친구가 되면서 그런 걱정은 사라졌다. 소민은 선생님의 말이 끝나기 무섭게 "야, 김지영! 이리 와!" 하고 소리쳤고, 지영은 그 말에 안심했다.

그런데 그런 소민이, 세현과 다정하게 웃고 있었다.

'어쩌면 소민이는 세현이랑 짝이 하고 싶을지도 몰라.'

지영은 억지로 입꼬리를 당기며 두 사람을 쳐다보았다.

"둘이 같이해. 나는 따로 할게."

"어? 왜?"

그제야 소민이 주위를 둘러보았다. 어느새 반 아이들은 모두 두 명씩 짝을 지은 상태였다. 남은 사람은 소민과 세현 그리고 지영뿐이었다.

"그럼 우린 셋이서 하면 되지!"

소민이 이리 오라는 듯 지영에게 손을 흔들었다. 그러나 지영은 한 걸음 뒤로 물러나며 고개를 저었다. 사이좋은 두 사람 사이에 끼는 것 같아 마음이 좋지 않았다.

"난 괜찮아."

지영이 눈치를 보는 사이, 선생님이 수백 번은 반복한 말인 양 건조하게 지시했다.

"자, 한 명은 허리를 숙여서 자기 발끝을 잡고, 짝은 천천히 친구의 등을 눌러 주도록 해라. 너무 세게 하면 안 된다. 다칠 수도 있으니까."

"예에!"

아이들이 걱정하지 말라는 듯 큰 소리로 대답했다. 그와 동시에 여기저기서 "으아악!" "아파!" "그, 그만……" 하는 괴성이 새어 나왔다.

"좀 살살 해!"

"두고 보자!"

지영은 자신의 발을 잡으려고 손을 뻗었다. 그때, 누군가가 가만히 등을 밀었다. 천천히 고개를 돌리자 빙그레 웃고 있는 세현이 보였다.

"난 손이 두 개니까 두 사람을 동시에 눌러 줄 수 있어."

"정말로 괜찮은데…… 으악!"

순식간에 세현의 손길이 억세졌다. 허리가 반으로 접히고, 손가락 끝이 평소에는 절대 닿지 않던 발가락 끝에 닿았다.

"으아악!"

동시에 소민도 비명을 터뜨렸다.

"이세현, 아파! 아프다고!"

소민이 마치 항복을 외치는 격투기 선수처럼 바닥을 탁탁탁 두드렸다. 세현은 뭐가 그리 우스운지 배를 잡고 굴렀다.

"자, 이번에는 반대로. 살살 해라."

선생님의 말에 아이들이 금세 소란스러워졌다.

"이젠 네 차례야. 이세현, 딱 대."

"야야야, 선생님이 살살 하라고 한 거 들었지?"

"무슨 소리야. 받은 만큼 돌려주는 게 인지상정!"

세현이 미간을 찌푸리며 소민과 지영을 쳐다보았다. 긴장한 눈동자가 파르르 떨렸다.

"설마 너희 둘이 같이 나를 누를 건 아니지? 나 오늘도 훈련하러 가야 해. 다치면 안 된다고."

그 말에 소민이 짓궂게 웃었다.

"수영할 때 유연성도 필요한 거 아냐? 맞다, 너 키 작은 거 고민이랬지. 우리가 키 크게 도와줄게. 야, 지영아, 내가 누를 테니까,

넌 당겨!"

"응? 응!"

"으아악!"

세현이 과장된 비명을 질렀다. 소민은 낄낄거렸고, 지영도 웃음을 터뜨렸다. 둘이 아니라 셋이어도 전혀 어색하지 않았다. 눈치만 살피던 자신이 바보처럼 느껴질 정도였다.

"서민준! 보고 있지만 말고 도와줘!"

세현이 바로 앞에 있는 민준에게 구조를 요청했다. 잠시 고민하는 듯한 표정을 짓던 민준이 고개를 저었다.

"자기 일은 자기가 해결해야지."

"서민준, 너!"

정말로 배신감에 찌든 표정을 짓는 세현의 얼굴이 몹시 우스워 지영의 눈가에 눈물이 찔끔 맺혔다.

"주말인데 오늘은 종일 집에 있네. 소민이 안 만나?"

세탁기를 돌리고 오던 엄마가 소파에 널브러진 지영을 보며 말했다. 가벼운 농담이었지만, 어째서인지 잔소리로 들렸다. 그래서 저도 모르게 톡 쏘아붙이고 말았다.

"엄마는 내가 뭐 소민이밖에 만날 사람이 없는 줄 알아?"

"아니야?"

당연하다는 투로 되묻는 엄마에게 할 말이 없었다. 정말로 친구가 소민 한 명뿐이기 때문이다.

소민은 여기저기 참견하기 좋아하고 오지랖이 넓다. 작년에 같은 반이 되었을 때 긴장한 채 앉아 있는 지영에게 먼저 말을 건 사람도 소민이었다.

앞자리에 앉은 소민이 어색하게 책상만 문지르고 있던 지영을 돌아보며 "오늘 점심 메뉴 콩나물밥인 거 알아? 새 학년 첫날부터 너무하지 않아?"라고 투덜거리면서 두 사람의 인연이 시작됐다. 아마 그때 소민이 먼저 말을 걸지 않았다면 두 사람이 친구가 되는 날은 오지 않았을 것이다.

올해 또다시 같은 반이 됐을 때도 소민은 지영의 손을 잡고 "너랑 또 같은 반이 돼서 정말 좋아. 게다가 오늘 점심은 짜장 떡볶이래!"라고 소리치며 방방 뛰었다.

이렇게 사교성이 좋은 소민은 지영 말고도 친구가 많다. 그런데도 지영과 가장 친하게 지낸다.

"아니야! 엄마는 아무것도 모르면서!"

지영은 빽 소리를 지르며 자기 방으로 들어가 쾅 소리가 나게 문을 닫았다. 닫히는 문 사이로 "아니면 말지, 성질은" 하고 중얼거리는 엄마의 목소리가 들려 귀를 꽉 틀어막았다. 이상하게 다른 사람들에겐 감정을 표현하기 힘든데, 엄마한텐 그렇지가 않다. 다른 사람한테 못한 말까지 전부 쏟아 내게 되곤 한다.

엄마가 거실에서 크게 소리쳤다.

"소민이랑 싸웠으면 네가 먼저 사과해! 그래도 너 챙겨 주는 건 소민이밖에 없다?"

"싸운 거 아니라고!"

덩달아 소리를 지른 지영이 씩씩거리며 책상에 앉았다. 엄마가 외출을 하는지 현관문이 열렸다가 닫히는 소리가 들렸다. 그제야 온전한 침묵이 내려앉았다. 이때를 기다렸다는 듯 온갖 생각이 꼬리에 꼬리를 물고 이어졌다.

"나만 빼고 둘이서 놀고 있는 거 아닐까?"

소민에게도 다른 일정 정도는 있을 것이다. 가족과 외식을 한다거나, 오늘은 쉬기로 했다거나. 그런데 자꾸만 세현과 단둘이 놀고 있을 것 같다는 생각이 들었다.

친구가 인생의 전부는 아니라는 걸 지영도 알고 있다. 그러나 중학교 3학년에게 있어 친구는 인생의 대부분을 차지한다. 특히 지영처럼 소심한 아이에겐 더더욱. 소민이 아니었다면 지영은 혼자서 밥을 먹거나 이동 수업을 가야 했을 것이다.

그래서 소민에겐 자신의 의견을 내세우기가 어려웠다. 소민이 화를 낼까 봐. 둘 사이에 금이 갈까 봐.

"세현이는 이런 고민도 안 하겠지."

지영이 긴 한숨을 내쉬었다. 자신의 저울에서는 소민이 다른 어떤 것보다 무겁지만, 소민의 저울에서는 지영이 다른 것들보다 가벼운 것 같다. 그런 생각을 할 때마다 둘의 관계가 일방통행인 것처럼 느껴져 마음이 쓸쓸했다.

물론 소민이 자신에게 신경을 많이 써 주는 것은 알고 있다. 자신과 노느라 8만큼의 시간을 쓴다면, 다른 친구들에게는 2만큼만 쓰니까. 그런데도 지영은 그 2만큼의 시간까지 자신에게 쏟지 않는 게 서운하곤 했다.

"내가 이상한 거겠지."

지영의 혼잣말이 책상 위로 흩어졌다. 소민과 세현은 이런 생각을 하지 않는데, 혼자만 전전긍긍하는 것이 바보 같았다.

질투청 에이드

점심시간의 급식실은 질서와 혼돈이 난무한다. 아이들은 도착한 순서대로 줄을 서면서도 호시탐탐 끼어들 틈을 엿본다. 조금이라도 먼저 밥을 받아야 조금이라도 빨리 먹고, 조금이라도 빨리 먹어야 조금이라도 더 놀 수 있기 때문이다.

그중에서도 소민은 단연 독보적인 스피드를 자랑했다. 1반이되고 좋아한 이유가 급식실과 가장 가깝기 때문이라는 주장이 꽤설득력 있게 들릴 정도다. 소민은 매번 선착순 열 명 안에 들었고, 덕분에 항상 소민에게 질질 끌려가는 지영도 텅 빈 식탁에서 여유롭게 식사할 수 있었다.

"아, 고등학교 가기 싫다."

밥을 반쯤 먹은 소민이 불쑥 입을 열었다. 지영이 된장국에 든두부를 뜨다 말고 질문을 던졌다.

"왜? 언제는 빨리 고등학교에 가고 싶다며?"

소민은 긴 한숨을 쉬었다. 그러면서도 방황하는 젓가락이 매의 발톱처럼 지영의 미니 돈가스를 노렸다. 재빨리 돈가스 하나를 낚아채 입으로 가져간 소민이 씩, 장난스러운 미소를 지었다.

"점심시간에 3학년부터 밥을 먹는대. 그럼 1학년이 꼴찌로 먹는단 말이잖아. 3학년 올라와서 이제야 간신히 밥을 일찍 먹을 수 있게 됐는데, 다시 그 짓을 해야 한다니."

소민은 정말로 하늘이 무너진 것처럼 침울해 보였다. 지영이 못 말리겠다는 표정으로 고개를 절레절레 저었다. 욕심 많은 다람쥐처럼 두 볼을 빵빵하게 부풀린 소민이 마침 생각났다는 듯 주위를 두리번거렸다.

"맞다, 우리 그 식당에 가기로 했잖아. 악마의 레시피 말이야. 계속 시간이 안 맞아서 못 갔는데, 세현이한테 언제 시간 되는지 물어봐야겠다. 그나저나 세현이가 안 보이네? 늦게 오려나?"

그때, 뒤늦게 식당으로 들어온 재훈이 곧장 소민에게로 걸어와 앞에 섰다.

"야, 정소민."

"왜?"

"담임 선생님이 밥 먹고 교무실로 오래."

"쌤이? 나를? 왜?"

소민이 '밥 먹을 때는 개도 안 건드리는데, 갑자기 웬 호출이지?' 하는 표정으로 물었다. 어깨를 으쓱인 재훈이 등을 돌렸다.

"그야 모르지. 나는 쌤이 한 말 전했다."

"나 잘못한 거 없는데."

마지막 한 숟가락까지 입안에 밀어 넣은 소민이 겨우 엉덩이를 뗐다. 그리고 지영을 보며 "다 먹었어?" 하고 물었다.

"응."

지영은 밥이 두어 숟가락 남은 식판을 보며 고개를 끄덕였다. 소민이 엄마처럼 쯧쯧 혀를 찼다.

"넌 꼭 그렇게 밥을 남기더라. 먹을 만큼만 받아. 나처럼."

먹을 만큼만 받았다. 소민의 식사 속도가 빨라서 항상 다 먹지 못하는 것뿐이다. 지영은 기다려 달라는 말 대신 어색하게 웃으며 자리에서 일어났다.

"나는 교무실에 들렀다가 갈게. 먼저 교실에 가서 세현이한테 언제 시간 되느냐고 물어봐 줘. 축하 파티 하자고 말이야."

"알았어."

1층에서 소민과 헤어진 후 지영은 교실로 갔다. 다들 밥을 먹으러 갔는지 교실은 텅 비어 있었다. 4교시의 흔적이 남은 도덕 교과서와 급하게 나가느라 비뚤어진 의자 속에서 유난히 깔끔한 책상 하나가 눈에 띄었다. 결석한 민준의 자리였다.

"어디 아픈가?"

딱히 민준과 친한 사이는 아니다. 세현 때문에 한두 마디 하는 정도다. 그런데 요즘 민준의 얼굴이 어딘지 어두워 보였다. 마치 안 좋은 일이라도 있는 사람처럼.

"에이, 내가 걱정할 일은 아니지."

혼잣말을 중얼거리는데 교실 문이 열렸다. 지은 죄도 없으면서 흠칫 놀란 지영이 곧 반가운 얼굴을 했다.

"세현아! 안 그래도 너 찾고…… 조퇴해?"

가방을 챙기는 세현의 모습에 지영은 고개를 갸웃거렸다. 하교 준비를 마친 세현이 가방을 메고서 지영을 돌아보았다.

"응."

"점심도 안 먹고?"

그 말에 세현이 피식 웃었다.

"너도 소민이 닮아 가나 보다. 가는 길에 편의점 들르면 돼. 오늘 중요한 일이 있거든."

"중요한 일?"

잠시 뜸을 들이던 세현은 목소리를 낮추었다.

"사실, 나 청소년 국가대표 상비군에 들어가게 됐어. 오늘이 첫 모임이고. 그래서 선생님께 말씀드리고 오는 길이야."

"정말? 국가대표면 엄청 대단한 거잖아."

지영이 깜짝 놀라 두 손으로 입을 가렸다. 마치 자신이 국가대표가 된 것처럼 심장이 쿵쾅쿵쾅 뛰었다. 세현이 웃으며 손을 저었다.

"정식 국가대표는 아니고, 상비군. 뭐, 예비 국가대표 같은 거야. 거기서 실력이 안 좋으면 탈락할 수도 있고."

"그래도 대단한걸? 그럼 이제부터 엄청 바쁘겠네?"

가방을 멘 세현이 지영을 지나쳤다. 지영은 세현을 따라 교실 앞으로 걸어갔다.

"그래도 너희랑 놀 시간은 있어. 나 빼놓고 놀지 마."

"당연하지. 그런데 소민이가……."

뒤늦게 소민의 부탁을 떠올린 지영이 입을 열었다. 먼저 복도로 나간 세현이 "왜?" 하며 뒤돌아 지영을 보았다. 그 순간, 지영의 입에서 생각지도 않았던 말이 불쑥 튀어나왔다.

"사실은…… 소민이가 예전에 너보고 재수 없다고 한 적이 있어."

어째서 이런 말을 했는지 알 수 없었다. 입이 제멋대로 움직였다. 지영은 차마 세현의 얼굴을 보지 못하고 바닥 무늬만 뚫어지게 쳐다보았다.

"그렇구나. 그럼 먼저 갈게."

세현은 별말 없이 돌아섰다. 화를 내지도 않았고, 따져 묻지도 않았다.

지영은 멀어지는 세현의 뒷모습을 보며 입술을 깨물었다. 아까 그 말은 하지 말걸. 세현이는 왜 화를 내지 않은 거지? 혹시 내색하진 않았지만 상처를 받은 게 아닐까? 뒤늦은 후회가 머릿속에서 소용돌이쳤다.

그때 복도 저편에서 소민이 나타났다. 지영은 제 발 저린 도둑처럼 뜨끔했다. 두 팔을 축 늘어뜨린 채 힘없이 걸어오던 소민은 지영을 보고 "흐잉" 하고 우는소리를 냈다.

"선생님이 왜 부르셨어?"

"수행 평가서, 나만 안 냈대."

"아직도 안 냈어?"

"응. 깜빡했어. 참, 세현이는?"

수행 평가서는 깜빡하면서 세현이는 깜빡하지 않은 모양이다. 지영은 저도 모르게 주먹을 꽉 움켜쥐며 태연하게 대답했다.

"먼저 갔어. 훈련이 있대."

"그래? 오늘은 일찍 가네. 언제 시간 된대? 물어봤어?"

"이제 우리랑 놀 시간 없대."

또다시 말을 뱉고 나서야 깜짝 놀랐다. 방금까지 그렇게 후회해 놓고 또 거짓말이 술술 흘러나왔다.

"왜? 바쁘대?"

"국가대표 상비군으로 뽑혀서 연습이 많아질 거래. 그래서 시간이 없을 것 같다고, 미안하다고 했어."

"그래? 아쉽지만 어쩔 수 없지. 훈련 때문에 그런 거라는데."

"그렇지."

지영은 두근거리는 심장을 들키지 않으려 얼른 자리로 걸어갔다. 밥을 다 먹은 아이들이 하나둘씩 교실로 돌아와 고요하던 교실이 금세 떠들썩하게 변했다. 소민은 처박아 두었던 수행 평가서를 찾느라 모든 책을 뒤지고 있었다.

"여기 어디에 끼워 뒀던 것 같은데."

지영은 그 모습을 못 본 척하며 창밖으로 시선을 돌렸다. 날씨는 무척 맑았고, 하늘은 구름 한 점 없이 깨끗했다. 늘 자신의 존재가 작게 느껴졌지만, 지금처럼 초라한 적은 처음이었다. 쥐구멍이 있다면 당장 들어가서 숨고 싶었다. 울음이 나올 것 같아 책상에 엎드려 두 팔에 얼굴을 묻었다.

"찾았다! 여기 있었네. 지영아, 이거 어떻게…… 너 자? 우리 엄마가 밥 먹고 바로 자면 소 된다고 했는데."

소민이 부르는 소리가 들렸지만, 지영은 꼼짝도 하지 않았다. 오늘은 소민의 눈을 똑바로 보며 웃을 수 없을 것 같았다.

이튿날 아침, 학교에 가려고 아파트 단지를 나서던 지영이 발걸음을 멈췄다. 늘 정문에서 기다리던 소민의 모습이 보이지 않았기 때문이다. 잠시 고민하던 지영은 소민에게 메시지를 보냈다.

[늦잠 잤어? 기다릴까?]

'읽음' 표시는 바로 떴는데, 아무리 기다려도 답장이 오지 않았다. 망설이다 다시 메시지를 보내 보았다.

[혹시 어디 아파? 오늘 결석이야?]

곧 '읽음' 표시가 떴다. 하지만 이번에도 답은 돌아오지 않았다. 결국 지영은 먼저 간다는 메시지를 보내고 혼자 등교했다.

"내가 뭘 잘못했나?"

소민이 답장을 하지 않은 이유를 짐작해 보려고 했지만 짚이는 게 없었다. 문득 어제 세현에게 했던 말이 떠올랐으나, "아닐 거야" 하며 고개를 저었다. 옆에서 점심 메뉴가 뭔지 떠드는 소민이 없어서 그런지 세상이 다 조용한 느낌이었다. 괜히 급식 메뉴를 확인한 지영이 쓴웃음을 지었다.

"콩나물밥이네. 소민이가 싫어하겠다. 매점에서 빵 사 먹자고 하겠는데?"

저만치에 학교가 보이기 시작했다. 잠에서 덜 깬 얼굴로 교문을 통과하는 아이들이 보였다. 그 사이에 세현과 소민도 있었다. 지영은 그 자리에 우뚝 멈춰 섰다. 소민은 하품을 하며 세현의 어깨에 몸을 기댔고, 세현은 그런 소민을 밀었다. 두 사람이 티격태격하는 소리가 지영의 귀에까지 들렸다.

"무슨 일이 있는 게 아니었구나. 그런데 왜 연락을 안 받았지?"

크게 숨을 들이켰다. 어쩌면 이번에도 혼자만 심각하게 생각하는 것인지도 모른다. 지영은 애써 아무렇지 않은 얼굴로 둘에게 다가가 가볍게 소민의 어깨를 쳤다.

"아침에 메시지 보냈는데 못 봤어? 늦잠 잤나 하고 기다리다 안 와서 혼자 왔어."

그런데 뒤를 돌아보는 소민의 표정이 딱딱하게 굳어 있었다. 지영은 저도 모르게 흠칫 놀라며 어깨를 움츠렸다. 소민이 싸늘한 목소리로 말했다.

"이제 너랑 같이 등교 안 할 거야."

그 태도가 어찌나 매몰찼는지 일순 눈물이 날 뻔했다. 울음을 삼킨 지영이 떨리는 목소리로 물었다.

"왜? 내가 뭐 잘못한 거 있어?"

"거짓말쟁이랑은 안 놀아."

안 놀아.

그 한마디가 귓가에 들러붙어 떨어지지 않았다.

"거짓말쟁이라니…… 나 말이야?"

"세현이가 연습 때문에 우리랑 놀 시간 없다고 했다며. 근데 세현이는 그런 말 한 적 없다던데?"

"아, 그러니까, 그게……."

지영이 변명을 하려고 입을 열었지만, 소민이 더 빨랐다. 소민의 눈빛이 더욱 냉랭해졌다.

"그리고 너, 세현이한테 내 험담도 했지? 내가 예전에 세현이 보고 재수 없다고 한 거 고자질했잖아. 그런데 이거 어쩌지? 세현이랑 친해지면서 내가 먼저 솔직하게 고백하고 사과했는데. 놀자고 해도 매번 거절하고 연습만 해서 재수 없다고 생각했다고, 미안하다고 말이야. 그런데 지영이 네가 뒤에서 그런 소리나 하고 다닐 줄이야."

"아니야. 그건……"

"그런 말 한 적 없다고? 그럼 세현이가 거짓말했다는 거야?"

지영이 천천히 고개를 돌렸다. 세현은 담담한 눈으로 지영을 바라보고 있었다. 마치 모든 것을 알고 있다는 듯.

기어이 지영의 고개가 아래로 떨어졌다. 지영은 입 밖으로 나오지 않는 말을 하려고 억지로 목구멍을 쥐어짰다. 교복 치마를 붙든 손가락에 잔뜩 힘이 들어갔다.

"일부러 그런 거 아니야. 미안해."

"됐어. 두 번 다시 너랑 말 안 할 거야. 네가 나랑 세현이 사이를 이간질할 줄은 몰랐어. 가자, 세현아."

"응."

세현과 소민은 그대로 교문을 통과했다. 지영만 그 자리에 우두커니 남겨졌다. 두 사람을 쫓아가 다시 한번 사과하고 싶었지만, 발이 풀로 붙인 것처럼 꼼짝도 하지 않았다.

그 후로는 마치 악몽 같았다. 쉬는 시간마다 지영의 자리로 와 수다를 떨던 소민은 세현의 앞자리에 앉아 웃음을 터뜨렸고, 음악실로 이동할 때도 지영에게 눈길조차 주지 않았다.

늘 껌딱지처럼 붙어 다니던 두 사람이 따로 행동하자 몇몇 아이들이 궁금함을 참지 못하고 지영을 힐끗거렸다. 그 시선이 싫어 지영은 쉬는 시간마다 급한 일이라도 있는 것처럼 화장실로 도망쳤다.

점심시간 종이 울렸다. 없는 용기를 그러모은 지영이 먼저 소민의 자리로 갔다.

"소민아, 점심……."

"세현아, 빨리! 오늘 돈가스란 말이야. 얼른 가야 갓 튀긴 돈가스를 먹을 수 있다고!"

"알았어. 가고 있잖아."

소민은 제 옆에 선 지영을 무시하고 세현의 팔짱을 꼈다. 두 사람은 종소리가 채 끝나기도 전에 이미 복도를 질주하고 있었다. 멍하니 서 있던 지영은 도로 자리로 돌아왔다. 넓은 식당에서 혼자 밥을 먹을 자신이 없었다. 차라리 굶는 쪽이 마음이 편했다.

반 아이들은 지영을 곁눈질하면서도 끝내 말 한마디 걸지 않고 급식실로 갔다. 지영 역시 친하지 않은 아이에게 먼저 말을 걸어 같이 밥을 먹으러 가자고 할 변죽이 없었다. 예전으로 돌아간 것 같았다. 투명 인간 같던 그 시절로.

"뭐야, 너 왜 밥 안 먹어?"

그때, 누군가가 투명 인간을 발견했다. 고개를 돌리자 텅 빈 교실로 들어오는 민준이 보였다. 이제 등교를 하는지 가방이 어깨에 반쯤 흘러내리듯 매달려 있었다.

"그냥, 배가 안 고파서."

지영은 저도 모르게 민준의 시선을 피했다. 민준도 그게 거짓말이라는 걸 눈치챘을 것이다. 부끄러웠다. 요즘따라 결석이 잦은 민준에게 무슨 일이 있느냐고 묻고 싶었지만, 말은 입안을 맴돌 뿐 밖으로 나오지 않았다.

잠을 자는 척 책상에 엎드렸다. 문을 여닫는 소리가 들렸다. 이제 교실엔 아무도 없다. 복도를 달려가는 발소리, 멀리서 누군가가 웃음을 터뜨리는 소리, 학교가 떠나가라 고함을 지르는 소리가 파도처럼 밀려왔다.

그러나 그 소리는 지영을 적시지 못하고 그대로 스쳐 지나갔다. 참았던 눈물이 터져 나왔다. 자신을 쳐다보던 소민의 싸늘한 눈과 세현의 냉정한 태도가 선명하게 떠올랐다.

"이렇게 되길 바란 건 아니었어."

지영이 들릴 듯 말 듯 작은 소리로 중얼거렸다. 어째서 그 순간에 거짓말을 했는지 모르겠다. 자신은 그저 두 사람과 좀 더 친하게 지내고 싶었던 것뿐인데. 주인공의 주변인이 아니라, 좀 더 중요한 사람이 되기를 바란 것뿐인데.

지영의 속눈썹에 맺혀 있던 눈물 한 방울이 또르르 굴러떨어졌다. 데몬이 냅킨을 건네며 무심하게 말했다.

"청양고추로 만든 고춧가루가 섞여 있어서 좀 매울 거야."

"……어?"

몽롱하던 눈동자에 서서히 초점이 돌아왔다. 지영은 얼떨떨한 표정으로 두 눈만 깜빡였다. 방금까지 교실에서 울고 있었는데 왜 이곳에 있을까, 하고.

그러다 뒤늦게 데몬이 내민 냅킨을 발견하곤 얼른 "고마워"라고 말하며 받아들었다. 그제야 자신이 혼자 데몬의 식당에서 밥을 먹고 있었다는 사실이 생각났다.

"그럼 방금 본 건 뭐지?"

지영은 이해가 안 된다는 얼굴로 혼잣말을 중얼거렸다. 꿈이라기엔 너무 생생했다. 게다가 밥을 먹다가 잠을 잤을 리는 없지 않은가? 그것도 꿈을 꿀 정도로 푹.

"정말 어떻게 된 거지?"

"식기 전에 마저 먹는 게 어때? 식으면 소고기 기름이 굳거든."

"응? 아, 응."

쟁반에 내려놓았던 숟가락을 들고 소고기뭇국을 한입 먹었다. 아직 따뜻했다. 음식이 나온 지 오래되지 않았다는 뜻이다. 꿈을 꾼 건 아니었던 모양이다.

마른 천으로 유리컵을 닦던 데몬이 대수롭지 않게 말했다.

"인간관계라는 게 생각보다 힘들지. 난 아직도 인간의 마음을 정확히 이해할 수가 없다니까. 뭐, 덕분에 먹고살기는 하지만."

마지막 말은 너무 희미해서 지영의 귀에는 들리지 않았다. 지영이 "응……" 하고 고개를 끄덕였다. 깃털을 고르던 파주주가 심드렁한 표정으로 끼어들었다.

"아무리 친구라도 사람 사이엔 적당한 거리가 필요한 법이야."

이제는 말하는 까마귀가 전혀 이상하게 느껴지지 않았다. 그게 더 이상한 거 아닌가? 지영은 고개를 갸웃거렸다. 그러다 까마귀가 한 말을 가만히 따라 했다.

"적당한 거리?"

그러자 깃털에 부리를 파묻고 있던 파주주가 고개를 들었다.

"친구든 연인이든, 상대방한테 집착하는 사람은 매력이 없어. 자기한테 집중하는 사람이 더 멋있지."

까마귀의 말이 가슴에 따끔하게 꽂혔다. 마치 자신을 두고 하는 소리인 것 같았다. 어떻게 알았냐고 물어볼 생각도 들지 않았다. 이곳은 말이 안 되는 것들이 말이 되는 신기한 공간이니까.

파주주가 한심하다는 투로 덧붙였다.

"한마디로 자기가 좋아하는 게 뭔지, 먹고 싶은 게 뭔지도 모르는 사람은 매력이 없다는 말이야."

"내가 좋아하는 게 뭔지 모른다고……. 아니야. 나는 피자랑 햄버거를 좋아해."

"정말?"

파주주는 지영 앞에 놓인 쟁반을 바라보았다. 소고기뭇국이 올려진 쟁반. 지영의 목소리가 점점 작아졌다.

"그리고 터닝포인트라는 아이돌도 좋아해."

"정말?"

모든 걸 알고 있다는 듯 파주주가 새카만 눈으로 지영을 응시했다. 지영이 묵직한 시선을 이기지 못하고 결국 고개를 떨구었다. 까마귀의 말이 맞다. 피자와 햄버거를 좋아하는 것도, 아이돌 터닝포인트를 좋아하는 것도 지영이 아니라 소민이다.

지영은 언제나 다른 사람의 의견을 따르느라 자신의 생각은 뒤로 미뤄 두기만 했다. 그게 익숙해져서 이제는 자신이 뭘 좋아하는지도 알 수 없었다. 어쩌면 그래서 주인공이 되지 못하는 것일지도 모른다.

"뭐, 이제라도 찾으면 되지."

데몬은 그리 큰일이 아니라는 듯 가볍게 대꾸했다.

"일단 하나는 알고 있잖아. 소고기뭇국을 좋아한다는 거."

"……응."

지영은 눈물이 나오려는 것을 참고 고개를 주억거렸다. 그러다 힐끔, 눈동자만 들어 데몬을 쳐다보았다.

"좋아하는 걸 찾으려면 어떻게 하면 돼?"

"글쎄."

허공을 올려다보며 고민하는 표정을 짓던 데몬이 어깨를 으쓱였다.

"평소에 안 하던 것들을 해 봐야 하지 않을까? 안 해 본 것 중에 엄청나게 좋아할 만한 일이 있으면 좀 억울하잖아."

"그렇겠다."

지영이 고개를 끄덕였다. 그러곤 숟가락을 들고 느릿하게 식사를 마저 했다. 지영을 기다리는 사람은 없었다. 지영은 자신의 속도로 마지막 한 숟가락까지 깨끗하게 비웠다. 급하게 먹느라 언제나 체한 것 같던 속이 오늘따라 든든했다. 무슨 일이든 할 수 있을 것처럼.

"맛있게 잘 먹었어. 얼마야?"

"으음……, 오천 원?"

데몬이 자신 없다는 얼굴로 대답했다. 그 말에 지영이 두 눈을 동그랗게 떴다.

"말도 안 돼. 이렇게 맛있는 밥이 고작 오천 원이라고?"

"……이 아니고, 팔천 원."

데몬은 재빨리 말을 바꿨다. 파주주가 이때다 싶어 잽싸게 대화에 끼어들었다.

"그리고 반짝이는 게 있으면 뭐든 하나 놓고 가."

"반짝이는 거?"

지영이 한 번에 말귀를 못 알아듣자 파주주는 두 눈을 사납게 치떴다.

"머리핀이나 반지나 뭐 그런 거. 반짝반짝 빛나는 거 말이야."

"나는 그런 거 없…… 아! 혹시 이것도 될까?"

지영은 가방 지퍼에 달아 놓은 키 링을 뗐다. 스노볼처럼 기울일 때마다 작은 보석 알갱이가 천천히 움직이는 키 링이었다.

"우아! 이리 줘! 어서 줘!"

파주주의 눈이 돌아갔다. 까마귀는 탐욕을 감추지 못하고 경박하게 날개를 파닥파닥 흔들며 지영을 재촉했다. 지영이 저도 모르게 겁먹은 얼굴로 어깨를 움츠리면서 방석 위에 키 링을 살포시 내려놓았다. 새카만 날개로 키 링을 감싼 까마귀가 "흐아아……" 하고 이상한 소리를 내며 데굴데굴 뒹굴기 시작했다.

창피해진 데몬이 "미안" 하고 사과했다. 씩 웃은 지영이 이번에는 지갑에서 돈을 꺼내 데몬에게 건넸다.

"또 와도 돼?"

"물론이지."

"다음에 올 때는 뭘 먹고 싶은지 생각해 올게. 내가 진짜 좋아하는 음식이 뭔지 말이야."

"말만 해. 뭐든 만들어 줄 테니까."

"고마워. ……진짜로."

자그맣게 속삭인 지영이 몸을 돌렸다. 파주주가 식당을 나서는 지영에게 빽 고함을 질렀다.

"별점이랑 리뷰 쓰는 거 잊지 마라!"

"알았어."

달랑!

종소리를 내며 문이 닫혔다.

파주주는 두 날개로 키 링을 야무지게 움켜쥔 채 방금까지 지영이 앉아 있던 자리를 보았다. 주황색 연기가 진하게 고여 있었다. 데몬이 그것을 병에 담았다. 유리병 안에 갇힌 연기는 당장이라도 뚜껑을 열고 나올 것처럼 들썩였다.

파주주가 고개를 팩 돌리며 투덜거렸다.

"전 질투는 너무 셔서 별로예요."

"꿀을 넣고 졸여서 청을 만든 다음 얼음 넣은 탄산수에 타서 마시면 기가 막히는데. 특히 이런 날씨에는 말이야. 그런데 할아범은 안 마신다고?"

그 말에 파주주는 당장 날아올라 데몬의 어깨 위에 내려앉았다. 한쪽 발에는 어느새 반짝이는 키 링이 끼워져 있었다.

"에이, 제가 언제 안 먹는다고 했습니까, 작은 주인님. 방금 그러셨잖아요. 평소 안 하던 것을 해 봐야 좋아하는 것을 찾을 수 있다고. 혹시 압니까? 제가 실은 질투를 좋아하는지. 그러니까 당장 에이드를 만들러 갑시다!"

데몬이 킥킥 웃으며 주방으로 들어갔다. 열린 창 너머로 질투만큼이나 신 노을이 길게 꼬리를 드리웠다. 칙칙하던 식당 안이 서서히 오렌지빛을 띠기 시작했다.

*

날씨가 제법 더워졌다. 뉴스에서 분명 늦봄이라고 했는데, 봄치고는 햇볕이 뜨겁다. 벌써 하복을 입고 등교하는 아이들도 간간이 눈에 띄었다.

"뭐? 미술 학원?"

소민이 깜짝 놀라 지영을 돌아보았다. 세현은 두 사람의 이야기에 귀를 기울이며 무심하게 걸음을 옮겼다. 어느새 교문이 보일 만큼 학교에 가까워졌다. 똑같은 교복을 입은 아이들이 똑같은 방향을 향해 나아가고 있었다.

"응. 그래서 화요일이랑 목요일엔 학원에 같이 못 갈 것 같아."

그 말에 소민이 입술을 삐죽이며 "갑자기 웬 미술 학원이야?" 하고 물었다. 지영은 발만 내려다보며 대답을 머뭇거리다 쑥스럽다는 표정으로 입을 열었다.

"사실 예전부터 그림 그리는 게 재미있었거든. 잘할 수 있을지, 질리지 않고 오래 할 수 있을지 모르겠지만, 일단 한번 해 보려고. 그럼 내가 그림 그리는 걸 좋아하는 게 맞는지 확실히 알 수 있을 것 같아서."

"잘할 거야."

잠자코 있던 세현이 불쑥 말을 꺼냈다. 지영이 깜짝 놀란 표정으로 세현을 돌아보았다. 세현은 담담하게 덧붙였다.

"너랑 어울려."

"……고마워."

지영은 얼굴을 붉히며 대답했다. 왠지 세현이 그렇다면 그런 것 같다. 묵묵히 노력하는 사람에게 인정받았기 때문인지도 모르겠다.

"음……."

생각에 잠겨 있던 소민이 이윽고 고개를 끄덕였다.

"하긴, 너 미술 선생님한테도 여러 번 칭찬받았잖아."

"그랬나?"

"그랬어. 쌤이 나보고는 이게 최선을 다한 거냐고, 좀 열심히 하라고 했는데, 너한텐 소질이 있다고 하셨잖아."

새삼 그때 일이 떠오르는지 소민이 볼을 부풀렸다. "나도 최선을 다한 거였는데 말이야" 하고 투덜거리며.

교문을 통과한 세현이 마침 생각났다는 듯 말했다.

"참, 우리 다음 주 목요일에 지영이 생일 파티하기로 했잖아. 근데 지영이 그날 미술 학원 가니까 날짜 바꿔야겠다."

그 말에 지영과 소민이 동시에 두 눈을 동그랗게 떴다. 물론 이유는 달랐지만 말이다.

"생일 파티?"

"앗! 이세현, 그거 비밀이라고 했잖아!"

"아, 맞다."

세현이 뒤늦게 아차 하는 표정을 지으며 입을 막았다. 지영이 추궁하는 듯한 눈으로 두 사람을 보았다. 하는 수 없다는 듯, 소민이 설명을 시작했다.

"다음 주 목요일이 네 생일이잖아. 그래서 너 생일 파티 해 주려고 세현이랑 계획 짜고 있었거든. 비밀로 하려고 했는데 쟤 때문에 다 망했어. 세상에 주인공이 이미 알고 있는 서프라이즈 파티가 어디 있어?"

"미안하다고 했잖아!"

"미안하면 다야?"

"아야!"

두 사람이 티격태격하는 모습을 보며 지영은 그 자리에 우뚝 멈춰 섰다. 자신 몰래 둘만 비밀 얘기를 했던 게 생일 파티를 준비하느라 그랬던 모양이다. 자신이 주인공인 파티. 그것도 모르고 두 사람 사이를 질투했던 것이다.

생각에 빠져 있던 지영이 안도의 한숨을 내쉬었다. 꿈이라 다행이야. 그런 한심한 거짓말은 절대 하지 않을 거야. 지영은 앞서 가는 소민과 세현의 뒷모습을 물끄러미 바라보며 진지하게 다짐했다.

그때 소민이 걸음을 멈추고 뒤를 돌아보았다. 그러곤 한숨을 폭 내쉬더니 "으이구" 하며 잔소리를 했다.

"빨리 와. 아주 거북이가 따로 없네."

"응."

지영은 환하게 웃으며 두 사람을 향해 뛰어갔다.

"뭐야? 너 왜 웃어?"

소민은 의심스러운 표정으로 눈을 흘겼지만, 지영이 아무 말 않고 계속 웃기만 하자 곧 함께 웃음을 터뜨렸다. 세현도 조용히 입꼬리를 당겼다.

셋은 어깨를 나란히 한 채 계단을 올라갔다. 지영은 이제 더는 자신이 외딴 섬처럼 느껴지지 않았다. 아마 한 걸음 뒤에서 걷는 다고 해도 마찬가지일 것이다.

손이 많이 가는 김밥

"세현이 너도 터닝포인트 노래 들어 봐. 진짜 좋다니까? 지영이도 나 때문에 터닝포인트 팬 됐잖아. 내 최애가 누구냐면…… 어? 그러고 보니까 내 최애랑 데몬이랑 좀 닮은 것 같지 않아? 안 그래, 지영아?"

가운데에서 양쪽으로 세현과 지영의 팔짱을 긴 소민이 이쪽저쪽을 돌아보며 조잘거렸다. 지영이 고개를 갸웃거리며 "그런가?" 하고 중얼거렸다.

"참, 너 미술 학원은 어때? 나도 미술에 소질 있으면 같이 다니고 싶은데, 그림에는 영 관심이 없어서."

"재밌어. 기초부터 배우느라 조금 지루하긴 하지만."

"기초가 단단해야 그 위에 실력이 쌓이는 거야."

아무 말도 안 들린다는 듯 앞만 보며 걷던 세현이 불쑥 끼어들

146

었다. 소민이 짓궂은 표정을 지으며 "국가대표가 그렇대" 하고 덧붙였다. 세현은 쑥스러운 표정으로 통을 놓았다.

"정식 국가대표가 아니라 상비군이라니까."

"그게 그거지, 뭐."

"응. 지루해도 열심히 할게. 고마워."

세현이 고개를 끄덕였다. 계속 제자리걸음이었던 세현의 기록은 갑자기 눈에 띄게 좋아졌다. 눈앞에 놓인 계단을 오르듯 한 번에 껑충 실력이 늘었다. 조금씩 크기 시작한 키 덕분인지, 묵묵하게 해 온 훈련 덕분인지는 알 수 없었다. 이유가 무엇이든, 세현은 자신이 포기하지 않은 덕분이라고 생각했다.

소민이 "근데 말이야" 하고 화제를 바꾸었다. 아마 소민의 입은 잠을 잘 때 빼고는 쉬지 않을 거다. 말을 하든 뭔가를 먹든 둘 중 하나는 늘 하고 있으니까.

"데몬 실력 진짜 좋지 않아? 우리랑 동갑인데 요리 엄청 잘하잖아. 아, 맞다. 까마귀한테 리뷰 쓰겠다고 약속했는데. 나중에 사진 보정 해야겠다."

교실로 들어온 세 사람은 각자의 자리로 흩어졌다. 세현은 자리에 앉으며 빈자리를 힐끗 쳐다보았다. 점심을 먹고 축구공을 가지러 들른 남자아이들도 빈자리에 눈길을 주며 고개를 갸웃거렸다.

"민준이는 또 조퇴야? 무슨 일 있나?"

"그러게. 아침에는 봤는데, 급식실에선 안 보이던데."

"점심시간만 되면 밥은 후루룩 마시고 제일 먼저 운동장으로 뛰어나가던 놈이 요즘엔 코빼기도 안 보이네."

"쌤한테 말도 없이 조퇴했나 보더라. 아까 교무실에서 혼나는 거 봤는데, 또 집에 갔나 보네. 진짜 뭔 일 있나?"

"내일 물어보고, 지금은 그냥 우리끼리 하자."

"그래."

남자아이들이 우르르 교실을 나가고 나서도 세현의 시선은 여전히 빈자리에 머물러 있었다. 문득 세현의 눈동자가 걱정스러운 빛을 띠었다.

종례가 끝나자마자 세현은 가방을 메고 자리에서 일어났다. 소민이 교실을 나가는 세현의 등에 대고 외쳤다.

"훈련 가기 전까지 시간 있다고 하지 않았어? 햄버거 먹으러 가자! 데몬네 가게에 말이야."

"오늘은 들를 곳이 있어서 먼저 갈게. 내일 봐!"

세현은 뒤도 돌아보지 않고 손을 흔들었다. 목적지는 정해져 있었다. 수영장 근처에 위치한 체육공원. 농구장과 풋살장, 인라인스케이트장 등이 있는 체육공원은 평일 오후인데도 운동을 하는 사람들로 북적였다.

유심히 팻말을 살피던 세현은 화살표를 따라 풋살장으로 향했다. 대학생으로 보이는 남자들이 다섯 명씩 두 팀으로 나뉘어 경기를 하고 있는 중이었다. 그 속에 낯익은 얼굴이 보였다. 민준이 대학생들 사이에 섞여 있었다.

세현은 바닥에 아무렇게나 나뒹구는 가방이 익숙하다는 사실을 깨달았다. 가방을 들어 먼지를 툭툭 털고는 품에 안았다. 그리고 벤치에 앉아 경기가 끝날 때까지 조용히 기다렸다.

화가 난 사람처럼 어금니를 꽉 깨문 민준은 이리저리 뛰어다녔다. 공을 쫓는다기보다 악에 받쳐 뛰는 것 같았다. 관자놀이를 타고 흘러내린 땀이 쉴 새 없이 바닥으로 떨어졌다. 어째서인지 세현의 눈에는 그게 눈물처럼 보였다.

"수고했다."

"수고하셨습니다."

"중학생이라고 했지? 갑자기 한 명이 빠져서 울며 겨자 먹기로 끼워 넣었는데, 생각보다 잘하더라. 덕분에 이겼어."

"감사합니다. 어?"

벤치로 걸어오던 민준이 앉아 있는 세현을 발견하곤 멈칫했다. 민준에게 말을 걸던 대학생이 능청스럽게 웃으며 민준의 옆구리를 쿡 찔렀다.

"여자 친구냐?"

"아니에요!"

민준은 새빨갛게 달아오른 얼굴로 손을 저었다. 세현은 못 들은 척 딴 곳을 쳐다보았다. 빨간 자전거가 쌩하고 지나갔다.

대학생이 벤치에 던져 놓았던 수건으로 땀을 닦으며 말했다.

"적당히 해라. 나도 아직 여자 친구 없는데."

"야, 부러우면 지는 거다."

다른 남자가 킥킥거리며 대학생의 어깨에 팔을 걸어 목을 졸랐다. 대학생이 "으악!" 하고 비명을 질렀다. 세현은 대학생 오빠들이나 반 남자애들이나 노는 게 똑같다고 생각하며 민준을 바라보았다. 두 사람의 눈이 마주쳤다.

"여긴 어떻게 알고 왔어?"

민준이 부루퉁하게 물었다. 엉덩이를 털며 일어난 세현이 민준에게 가방을 던졌다.

"가자."

"……어딜."

"따라오기나 해."

그러곤 먼저 걸음을 옮겼다. 얼떨결에 가방을 받은 민준이 땀에 젖은 얼굴로 세현의 뒤를 졸졸 쫓아갔다. 등 뒤에서 대학생들의 웃음소리가 들렸다.

"와, 나 방금 강아지인 줄 알았어."

"저렇게 따라갈 거면서 틱틱거리긴 왜 틱틱거리냐?"

민준의 얼굴이 또 발갛게 변했다. 민준은 가방을 대충 어깨에 걸치며 원망스러운 눈빛으로 대학생들을 노려보다 뚱한 표정으로 입을 열었다.

"아니, 진짜 어디 가는 건데?"

"너 점심 안 먹었지?"

"배 안 고파."

"알았으니까 따라와."

"하여간 고집은."

민준은 툴툴거리면서도 세현의 옆으로 가 나란히 걸었다. 여름에 어울리는 하얀 햇살이 두 사람의 머리 위로 강하게 내리꽂혔다. 목 뒤에 슬금슬금 땀방울이 맺혔다. 하지만 누구도 불평을 터뜨리지 않았다.

*

"오늘따라 조용하군요."

"그러게. 손님이 없네."

"그게 아니라 왠지 불길······."

파주주의 말이 끝나기도 전에 멀리서 검은 점 하나가 빠르게 가까워졌다. 데몬과 파주주는 동시에 그 기척을 느끼고 바깥쪽으로 고개를 돌렸다. 까만 점은 총알처럼 창문을 통과해 나무로 만든 바 테이블 위에 내려앉았다.

도심에선 흔히 볼 수 없는 박쥐였다. 코트를 입은 것처럼 날개를 접은 박쥐가 새빨간 눈으로 데몬을 쳐다보았다. 데몬이 저도 모르게 눈썹을 찌푸렸다.

먼저 입을 연 것은 의외로 까마귀였다. 파주주가 다짜고짜 버럭 호통을 쳤다.

"바포메트. 자네가 여긴 웬일인가?"

"주인님의 전언을 가지고 왔네."

"아빠가?"

데몬의 물음에 이번에는 바포메트가 인상을 찡그렸다. 데몬은 반사적으로 어깨를 움츠렸다. 대다수의 악마가 자신을 탐탁지 않아 한다는 사실은 알고 있다. 마계를 구하기는커녕 제 몸 하나도 제대로 건사하지 못하는 '모자란 악마'. 그중에서도 데몬을 가장 마뜩잖아 하는 이가 바로 바포메트다. 그래서인지 데몬은 바포메트 앞에만 서면 왠지 주눅이 들었다.

파주주가 적개심을 숨기지 않고 바포메트에게 쏘아붙였다.

"주인님께선 왜 박쥐 같은 놈을 곁에 두시는지 모르겠군. 언제 뒤통수를 칠지 모르는데."

"그렇다고 속까지 시커메서 무슨 생각을 하는지 모를 까마귀를 곁에 둘 수는 없지 않나."

"뭐라고? 다시 말해 보게!"

"말하라면 못 할 줄 알고! 까마귀처럼 속이 시커먼 놈!"

"이 박쥐 같은 놈이!"

까마귀와 박쥐가 날개를 펼치고 당장이라도 서로의 멱살을 잡을 듯이 으르렁거렸다. 데몬이 두 팔을 벌리며 파주주와 바포메트 사이에 끼어들었다.

"둘 다 진정해."

"······예, 작은 주인님."

씩씩거리던 파주주가 간신히 물러섰다.

"흥!"

손으로 날개에 묻은 먼지를 툭툭 턴 바포메트가 못마땅한 목소리로 말했다.

"데몬 님, 자고로 악마란 실의에 빠진 인간의 영혼을 빼앗는 계약을 함으로써 마력을 흡수하는 존재인데, 그런 악마가 인간 세상에서 식당을 한다니요? 지금 마계에서 무슨 소문이 돌고 있는지 아십니까? 데몬 님께서 후계자 자리를 버리고 인간 세상으로 도망갔다는 말이 퍼지고 있습니다."

"데몬 님께 잔소리할 생각하지 말고 전언이나 전하고 꺼져, 이 박쥐 같은 놈아!"

파주주가 당장이라도 공격할 기세로 외쳤다. 바포메트가 턱을 치켜들었다.

"주인님의 전언입니다. '이만하면 봐줄 만큼 봐주었다. 마계로 돌아오지 않으면 한 달 뒤 내가 널 데리러 가겠다. 그러니 엉덩이를 맞고 싶지 않으면 네 발로 오는 게 좋을 거다'라고 말씀하셨습니다."

"거짓말하지 마라, 이놈아! 주인님께서 데몬 님의 엉덩이를 때리신 적은 한 번도 없다!"

"크음."

바포메트는 그 말을 못 들은 척 고개를 돌렸다. 그리고 시무룩해진 데몬의 얼굴을 올려다보았다.

"후계자로서의 의무를 저버리지 마십시오. 아무리 마력이 없는 후계자라 해도 이렇게 무책임하게 행동하셔서는 안 됩니다. 아니면 차라리 정식으로 후계자 자리에서 물러나시든가요."

"저, 저, 저 망할 박쥐가!"

파주주가 날개로 목 뒤를 잡으며 부들부들 떨었다. 그 모습을 쳐다보던 바포메트는 파주주가 곧 폭발할 것을 눈치챈 듯 움찔하더니 황급히 날아올랐다.

"그럼, 전 이만."

그리고 왔을 때처럼 순식간에 까만 점이 되어 사라졌다.

"작은 주인님……."

파주주가 어쩔 줄 모르겠다는 표정으로 데몬의 눈치를 살폈다.

"저 박쥐 같은 놈의 말은 신경 쓰지 마십시오. 악마 중 악마 같은 놈이라 여태 소멸하지 않고 살아 있는 거, 작은 주인님도 아시지 않습니까."

파주주는 자기 얼굴에 침 뱉기라는 사실도 모른 채 열심히 데몬을 위로했다. 데몬이 쓴웃음을 흘렸다.

"바포메트의 말에 틀린 건 없어. 내가 뭘 하든 아버지와 어머니는 만족하지 않으실 거야. 난 기대에 못 미치는 자식이잖아."

그 말을 들은 파주주가 깃털로 눈물을 닦으며 훌쩍였다. 데몬은 억지로 씩씩하게 웃으며 두 팔을 들어 올렸다.

"한 달밖에 안 남았지만, 그동안 해 보고 싶었던 걸 다 해 봐야겠어. 그러려면 손님이 와야 하는데."

그러더니 시무룩한 눈으로 가게 문을 바라보았다. 파주주가 결연한 표정으로 날아올랐다.

"제가 지나가는 인간을 현혹시켜서라도……."

그때 달랑, 하고 종소리가 나며 문이 열렸다. 데몬과 파주주가 동시에 고개를 돌렸다.

"어서 오…… 세현아."

데몬이 친근하게 웃으며 세현의 이름을 불렀다. 그러다 의아한 듯 고개를 기울였다. 세현이 들어오지 않고 바깥을 향해 눈을 부라리고 있었기 때문이다.

"빨리 오라니까."

데몬은 어리둥절한 표정으로 세현의 어깨너머를 기웃거렸다. 잠시 후, 뚱한 표정의 남자아이가 가게 안으로 들어왔다. 세현은 바 테이블에 먼저 자리를 잡고 앉더니 다시 눈을 부라렸다. 남자아이는 그제야 미적미적 걸어왔다.

"데몬, 오늘은 새로운 손님을 데려왔어."

"네 덕분에 우리 가게가 안 망하는 거 같아."

데몬의 농담에 세현이 까르르 웃었다. 파주주가 날개로 부리를 가린 채 데몬에게 작게 귓속말을 했다.

"저 세현이라는 인간이 우리 밥줄입니다. 매번 새 손님을 데려오잖아요. 서비스를 줘서라도 꼭 잡아야 합니다."

새로 산 머리핀을 바라보는 파주주의 탐욕스러운 눈빛을 눈치채지 못한 채, 세현이 말을 이었다.

"단골손님 되기로 약속했잖아. 이쪽은 서민준이라고, 나랑 같은 반 친구야. 그리고 이쪽은 데몬. 우리랑 동갑인데 이 식당의 주인이야. 벌써 사장이라니, 대단하지 않아?"

"반가워."

친절한 미소로 인사하던 데몬이 멈칫했다. 그 자리에 우뚝 선 민준이 자신을 쏘아보고 있었다.

'음?'

데몬이 고개를 갸웃거리는 사이, 세현이 민준의 옆구리를 쿡 찔렀다.

"그렇게 서 있지 말고 앉아. 그리고 오늘은 내가 살 테니까 먹고 싶은 거 말해."

"배 안 고프다고 했잖아."

데몬을 힐긋거린 민준은 "음식이 맛있을 거 같지도 않고"라며 심술궂은 목소리로 중얼거렸다. 툴툴거리는 민준을 유심히 관찰

156

하던 데몬의 입꼬리가 순간 슬쩍 올라갔다. 민준의 안에서 지금까지 본 어떤 인간보다 짙은 감정이 일렁이고 있었기 때문이다. 심지어 하나가 아니었다.

'어디 보자. 방금 반짝인 건 질투였고, 가장 큰 건…… 두려움? 불안? 너무 섞여 있어서 제대로 분간할 수가 없네. 밑바닥에는 죄책감도 있는 것 같고. 뭐, 어쨌든 월척인 것만은 분명해. 반드시 내 음식을 먹게 만들어야겠어. 그럼 한동안 마력 걱정은 안 해도 될 것 같으니까.'

그렇게 생각한 데몬은 계속해서 친절하게 민준을 응대했다.

"일단 먹어 보고 얘기해."

민준이 콧잔등을 찌푸렸다. 세현은 고개를 끄덕이며 그런 민준의 손을 잡아당겼다. 민준은 하는 수 없다는 듯 의자에 주저앉았다. 세현이 자신 있게 말했다.

"맛만큼은 내가 보장해. 여기 조만간 엄청 유명해져서 줄 안 서면 못 먹을 테니까 미리 먹어 두는 편이 좋을걸? 나중에 후회하지 말고."

"무슨 음식을 파는데?"

"손님이 원하는 음식은 뭐든 가능해."

데몬의 말에 민준이 부루퉁하게 쏘아붙였다.

"엄청 자신만만하네."

만들기 어려운 음식을 말해서 데몬을 골탕 먹여야겠다는 생각이 든 민준은 자신이 아는 음식을 하나씩 떠올렸다. 데몬의 당황한 모습을 보려면 생소한 외국 음식을 만들어 달라고 하는 것이 좋을 것 같았다.

"월남쌈 돼?"

"물론이지. 월남쌈으로 준비해 줄까? 마침 아침에 신선한 채소를 사 왔거든."

데몬이 시원하게 웃으며 되묻자, 민준이 "아니, 잠깐만" 하고 손을 저었다.

'더 어려운 음식을 얘기해야 해. 월남쌈은 너무 유명하잖아.'

"퀘사디아는?"

"멕시코 음식 말이지? 어렵지 않아. 고기를 볶아서 토르티아에 싸기만 하면 되니까."

"똠얌꿍도 할 수 있어?"

"그럼. 요즘 태국 음식이 유행이잖아."

"라사냐는?"

언젠가 이름만 들어 본 음식 이름까지 댔지만, 데몬은 "그걸로 할까? 이탈리아 요리는 내 전문 분야지"라며 어깨를 폈다.

"끄응."

민준은 신음을 흘렸다. 더는 아는 외국 음식이 없었다.

꼬르륵.

그때 우렁찬 소리가 들렸다. 데몬과 세현이 동시에 민준을 돌아보았다. 민준의 얼굴이 발갛게 달아올랐다.

"배고픈 게 아니라…… 에이, 됐다."

변명을 하려다 포기한 민준이 체념한 표정으로 물었다.

"김밥도 돼?"

그 말에 처음으로 데몬이 멈칫했다. 민준은 '어라?' 하는 표정으로 눈썹을 찌푸렸다. 데몬은 마른행주를 쥐어뜯으며 시무룩하게 대답했다.

"손이 많이 가긴 하지만, 되긴 해."

"그럼 김밥으로 부탁해."

민준이 히죽 비어져 나오는 웃음을 참으며 주문을 했다. "휴우……" 하고 긴 한숨을 내쉰 데몬이 앞치마의 끈을 조이며 주방으로 들어갔다.

"알았어. 조금만 기다려 줘."

민준은 작게 혀를 찼다. 왜 갑자기 김밥을 먹고 싶다고 했는지 모르겠다. 사실 밖에서 파는 김밥을 썩 좋아하지 않는데 말이다. 자신이 먹어 본 김밥 중 가장 맛있는 김밥은 엄마가 만들어 준 김밥이기 때문이다.

또다시 민준의 표정이 어두워지자, 계속 민준을 힐긋거리던 세현이 조심스럽게 물었다.

"혹시 무슨 일 있어?"

민준은 고집스럽게 입을 꾹 다물었다. 아마 입술을 달싹였다고 해도, 목구멍이 꽉 막혀 목소리가 나오지 않았을 것이다. 자신이 저지른 짓이 부끄럽다는 사실을 스스로도 알고 있기 때문이었다. 민준의 얼굴에 더욱 짙은 그늘이 졌다.

세현은 주방에서 분주하게 움직이는 데몬의 모습을 눈으로 좇았다. 역시 또 프라이팬에서 연기가 폴폴 올라오고 있었다. 세현의 눈동자가 불안한 빛을 띠었다.

"말하고 싶지 않으면 안 해도 돼. 무슨 일인지는 모르겠지만, 그래도 밥은 먹어. 우리 엄마가 그러는데, 일단 밥을 먹어야 문제를 해결할 힘이 생긴대. 밥심이라는 말도 있잖아."

"그게 뭐야. 할머니 같아."

민준은 부루퉁한 표정으로 대꾸했다. 세현의 눈초리가 대번에 뾰족해졌다.

"뭐? 할머니? 이게 기껏 걱정돼서 말했더니, 할머니이?"

그런 세현을 보고 민준이 피식 웃었다. 더 쏘아붙이려던 세현이 순간 멈칫했다. 민준은 테이블에 새겨진 나이테 무늬를 보며 나직하게 이야기를 시작했다.

"나는 엄마랑 둘이 살아. 아빠는 내가 아주 어릴 때 돌아가셨거든. 네 살 때였나, 다섯 살 때였나. 이젠 기억도 잘 안 나."

"그래?"

처음 듣는 이야기에 세현이 어떤 표정을 지어야 할지 모르겠다는 얼굴로 눈동자만 굴렸다. 민준이 상관없다는 듯 가볍게 어깨를 으쓱였다.

"괜찮아. 우리 엄마는 내게 최선을 다하고 있고, 나도 아빠가 없다는 걸 한 번도 부끄럽다고 생각한 적 없으니까. 우리 아빠는 우리를 위해 야근하고 집에 오시다가 음주 운전하던 차에 치여서 돌아가셨거든."

"응. 좋은 아버지셨네."

그 순간, 민준의 표정이 딱딱하게 굳었다. 이게 본론임을 직감한 세현은 민준을 방해하지 않으려고 조용히 숨을 죽였다.

"그런데 며칠 전에 엄마가 나한테 묻더라. 같이 드라마를 보던 중이었는데, 뜬금없이 말이야."

"뭐라고 물어보셨는데?"

"엄마가 재혼하면 어떨 것 같냐고."

생각보다 사적인 이야기가 나오자 세현이 또다시 난처하다는 표정을 지었다. 무슨 말을 해야 좋을지 알 수 없었다. 그래서 한참만에야 되물었다.

"너는 뭐라고 대답했어?"

"이유는 모르겠는데, 갑자기 화가 나더라고. 머릿속이 하얗게 변하는 거야. 그래서 벌떡 일어나서 그런 생각은 꿈에도 하지 말라고, 엄마가 재혼하면 집을 나가서 혼자 살 거라고 했지. 두 번 다시 나를 볼 생각도 하지 말라고."

"아……."

마땅한 대꾸를 찾지 못한 세현이 시선만 이리저리 돌렸다. 소민이라면 아마 지금 이 순간에 할 만한 적당한 말을 찾아냈을 거다. 그러나 말주변이 없는 세현은 침묵밖에 건네지 못했다.

"엄마는 농담이라면서 웃었는데, 난 더 못된 말을 쏟아 냈어. 아빠한테 미안하지도 않느냐고, 아빠가 허락하지 않을 거라고. 그 뒤부터 지금까지 쭉 냉전 중이야."

"……그래서 학교도 잘 안 나왔던 거야?"

"응. 엄마한테 그런 말을 하려고 했던 건 아닌데, 수업 듣느라 교실에 가만히 앉아 있으면 자꾸 그때 일이 생각나서. 차라리 몸을 움직이는 편이 낫더라고."

"그랬구나."

세현은 가만히 고개만 끄덕였다. 민준은 말을 다 하고 나서야 머쓱해졌는지 고개를 돌려 창밖을 내다보았다. 시멘트 담장 아래 서 있는 나무 한 그루가 보였다. 울창한 잎이 식당 안으로 커다란 그늘을 드리우고 있었다. 바람이 부는지 나뭇잎이 간간이 엷게 몸을 떨었다.

어색한 침묵을 견디지 못한 민준이 무슨 말이라도 하려던 찰나, 데몬이 두 사람 앞에 접시를 내려놓았다.

"김밥 나왔습니다, 손님."

민준은 삐딱한 눈으로 김밥을 응시했다. 그리고 맛이 별로기만 해 봐라, 당장 독설을 날려 주지, 라는 생각을 하며 하나를 집어 입으로 가져갔다. 우물우물, 입을 움직이던 민준의 턱이 절로 벌어졌다.

"이건······?"

세현이 다 안다는 표정으로 "맛있지?" 하고 물었다. 민준이 떨리는 눈으로 데몬을 보았다.

"엄마가 싸 준 김밥이랑 똑같은 맛이야. ······엄마 김밥은 내가 제일 좋아하는 음식이거든."

"단무지가 없어서 남은 김치를 볶아서 좀 넣어 봤어. 게맛살이랑 어묵도 따로 양념해서 볶았고. 시금치도 데쳐서 조물조물 양념을 했고. 아마 어머니께서 너를 많이 사랑하시는 모양이야. 김밥 재료를 하나하나 따로 준비하려면 정말 손이 많이 가고 귀찮거든."

그제야 김밥을 싸는 날이면 새벽부터 분주하게 움직이던 엄마가 생각났다. 엄마는 간호사라 3교대 근무를 하는데, 그런 날에는 야근을 하고 돌아와서도 침대에 눕는 대신 부엌으로 향했다. "오늘은 엄마가 해 준 김밥이 먹고 싶어"라는 민준의 한마디에.

"그때 네가 느낀 감정은 화가 아니야."

불쑥 날아온 말에 민준이 눈을 치떴다. 또다시 머리에 열이 올랐다. 마치 아픈 곳을 찔린 사람처럼.

그러나 데몬은 담담하게 말을 이었다.

"그건 두려움과 불안함이야. 왜 그런 감정을 느꼈는지는 모르겠지만."

"네가 뭘 안다고 그런 소릴 해?"

민준이 격양된 목소리로 소리쳤다. 데몬이 빙긋 웃으며 말했다.

"김밥을 맛있게 먹어 줬으니, 네게 환상을 선물하지."

그 순간, 민준의 시야가 뿌옇게 흐려졌다. 민준은 당황스러워
하며 주위를 둘러보았다. 방금까지 옆에 있었던 세현의 모습이
보이지 않았다.

바닷가재 달걀국

안개에 휩싸인 것 같던 시야가 밝아지며 세상의 모든 것이 선명해졌다. 현관에 우두커니 서 있던 민준이 고개를 갸웃거리며 중얼거렸다.

"어떻게 된 거지?"

문이 열리는 소리에 고개를 빼꼼 내민 엄마가 민준을 발견하곤 다정하게 웃었다.

"학교 갔다 왔니?"

어리둥절해하던 민준의 표정이 대번에 딱딱하게 굳었다. 인사도 없이 방으로 들어가 쾅 소리가 나게 문을 닫았다. 생각보다 큰 소음에 움찔했지만, 놀라지 않은 척 메고 있던 가방을 의자 위로 던졌다. 방문 너머에서 얼핏 한숨 소리가 들린 것 같았다.

민준은 브레이크가 고장 난 자동차처럼 계속 분노의 질주를 하

고 있었다. 이제 그만해야겠다고 마음을 먹어도, 엄마 얼굴만 보
면 다시 화가 치솟았다.

"아, 씨."

민준이 머리를 헝클이며 한숨을 쉬었다. 이러려던 게 아니었다.
오늘은 정말로 사과하려고 했다. 화내서 미안하다고, 내가 더 잘
할 테니 재혼하지 말라고 말하려고 했다. 그런데 처음부터 단추
를 잘못 끼워 버렸다.

똑똑.

노크를 한 엄마가 방문을 살짝 열었다.

"마음대로 들어오지 말라고!"

방금까지 반성을 하고 있었는데도 마음과 달리 또다시 짜증을
내고 말았다. 엄마는 어색하게 웃으며 "미안" 하고 사과했다. 엄
마가 그럴수록 민준은 자신이 나쁜 아이가 된 것 같아 점점 더 화
가 났다. 이제는 엄마에게 화가 난 건지, 아니면 자신에게 화가 나
는 건지 헷갈리기까지 했다.

"저녁 먹어야지. 네가 좋아하는 불고기 해 놨어."

"누가 불고기 먹고 싶대? 안 먹어! 나가!"

침대로 뛰어든 민준이 이불을 머리끝까지 덮어썼다. 다시 한번
한숨을 내쉰 엄마가 부드러운 목소리로 민준을 달랬다.

"민준아, 말했잖아. 그때 그 말은 농담이었다고. 드라마에 그런
내용이 나와서 물어본 것뿐이야. 엄만 재혼할 마음 없어."

"평소에 그런 생각을 했으니까 말한 거잖아!"

"아니야."

"생각한 적도 없는데 그런 말이 갑자기 왜 나와?"

"에휴. 그건 그렇고, 오늘 담임 선생님한테서 전화가 왔는데……."

"그래서 뭐? 됐어. 안 들을 거야. 다 엄마 마음대로 해. 나도 내 마음대로 할 거니까. 나 잘 거야. 나가."

할 수 없이 방문을 열고 나가려던 엄마가 마침 생각났다는 듯 몸을 돌렸다.

"다음 주에 워크숍이 있어서 집을 비우게 될 거야. 아마 일주일 정도? 그동안 할머니가 와 계실 테니까 알고 있어."

대형 병원 수간호사인 엄마에게는 종종 있는 일이다. 정기적으로 해야 하는 밤 근무 때문에 민준은 어릴 적에 할머니와 같이 살기도 했다. 하지만 민준이 중학생이 되면서 할머니는 시골로 내려가셨고, 일이 있을 때만 한 번씩 오신다.

"내가 어린애도 아닌데, 뭐."

그렇게 말하고 나서야 몹시 어린아이 같은 말을 했다는 생각이 들었지만, 이미 늦었다. 민준은 말을 주워 담을 수 없다는 사실에 "아, 씨" 하고 짜증을 냈다.

"할머니한테는 버릇없이 굴지 말고."

그 말을 끝으로 방문이 닫혔다. 그제야 민준이 덮고 있던 이불을 슬쩍 내렸다. 해야 할 수많은 말 대신 또다시 같은 말이 입술을 비집고 나왔다.

"에이, 씨."

요즘에 제일 자주 하는 말이었다. 민준은 치미는 짜증을 어떻게 풀어야 할지 몰라 애꿎은 침대만 내리쳤다. 그런데도 속은 조금도 시원해지지 않았다.

워크숍 당일, 집 안엔 분주한 분위기가 흘렀다. 엄마는 이리저리 돌아다니며 작은 캐리어에 짐을 챙겼고, 할머니는 그 뒤를 졸졸 따라다니며 도와줄 게 없는지 물었다. 우유를 꺼내러 부엌으로 가던 민준은 거실에 있는 두 사람을 힐끗거렸다.

"엄마, 민준이 밥 잘 챙겨 줘. 아침에 밥 안 먹고 좀 더 잔다고 해도 꼭 먹여서 보내. 한창 클 때라서 영양소가 부족하면 안 돼."

엄마가 엄마의 엄마에게 잔소리를 했다. 할머니가 지겹다는 표정을 지으며 "알았다니까" 하고 대답했다. 그러곤 엄마의 손을 덥석 잡더니 손등을 가만히 쓸어내렸다.

"민준이는 걱정하지 말고, 너나 잘해."

"알았어요."

안심하라는 듯 엄마가 할머니의 손을 꼭 마주 잡았다. 고작 일주일 동안 워크숍을 가는 것 가지고 유난을 떠는 할머니와 엄마의 모습에 냉장고를 열던 민준이 흰 눈을 떴다. 괜히 심사가 뒤틀렸다. 못된 말을 하지 않고는 꼬인 속내가 풀리지 않을 것 같았다.

그래서 결국 심술궂은 소리를 뱉고 말았다.

"뭐야, 엄마 죽으러 가?"

"이놈 자식이!"

그 순간, 할머니가 무시무시한 얼굴을 하고서 달려와 민준의 등을 짝 소리 나게 때렸다. 우유 팩을 입으로 가져가던 민준은 "으악!" 하고 비명을 질렀다. 그 바람에 우유가 옷에 튀었다. 울컥한 민준이 버럭 화를 냈다.

"왜 때려요!"

"뭘 잘했다고 눈을 동그랗게 떠, 동그랗게 뜨기는? 할 말이 있고 못 할 말이 있지. 엄마한테 그게 무슨 말버릇이냐?"

"아, 농담이잖아요. 할머니는 농담도 이해 못 해요?"

"그런 농담은 하는 거 아니다. 아무리 어려도 그렇지, 어쩌면 이렇게 철이 없니. 내가 널 그렇게 가르쳤냐?"

그 말에 민준은 또 뿔이 났다. 아무것도 모르면서 엄마 편을 드는 할머니가 야속했다. 엄마가 나한테 무슨 말을 했는지 알지도 못하면서.

그래서 들고 있던 우유를 식탁에 탁 내려놓고 부엌을 나와 방 쪽으로 갔다. 등 뒤에서 아직 화가 난 할머니를 달래는 엄마의 목소리가 들렸다.

"놔둬. 사춘기잖아."

"누구는 저 나이 안 겪었나? 나는 안 저랬어. 밖에서도 저러고 다니면 아빠 없는 애라서 그렇다는 소리 들어."

"밖에선 안 그래. 집이니까 편해서 그러는 거지. 요즘엔 중학생도 사회생활 하느라 고충이 많아. 그러니까 엄마가 이해해."

"너무 오냐오냐하지 마라. 민준이는 귀한 내 손주지만, 너도 귀한 내 딸이야. 혼자서 아들 키운다고 얼마나 고생했는데. 그렇게 곱던 얼굴이 한 줌이 됐잖아."

할머니의 말에 민준의 눈이 한층 더 뾰족하게 변했다. 자기 때문에 엄마가 고생한다는 소리 같아서 부아가 치밀었다.

"고마워요, 엄마. 엄마 아니었으면 내가 누구한테 이런 부탁을 하겠어."

"아이고, 불쌍한 내 딸."

민준은 일부러 쾅 소리가 나게 방문을 닫았다. 닫힌 문 너머에서 "저놈의 자식이!" 하는 고함이 들렸지만, 못 들은 척 침대에 벌러덩 드러누웠다.

"내 편은 아무도 없지."

할머니가 오면 기세가 등등해질 거라 생각했다. 할머니는 제 말이라면 껌뻑 넘어가니까. 그런데 할머니도 엄마가 먼저였다. 갑자기 모든 게 서러워져 빈 가방을 들고 집을 나섰다.

하늘은 구름 한 점 없이 맑았다. 기분이 이렇게 어두운데, 날씨는 더럽게 좋아서 또 짜증이 났다. 민준은 괜히 애꿎은 돌멩이를 걷어차며 분풀이를 했다.

"서민준, 그 돌멩이가 너한테 시비라도 걸었어?"

"뭐야, 이세현, 너냐?"

민준이 조금 누그러진 표정으로 알은체를 했다.

"아침부터 왜 그렇게 뚱해? 아직 어머니랑 화해 안 했어?"

"내가 뭐 앤 줄 알아? 화해를 하고 말고 하게."

"애 맞는데, 뭘."

세현이 핀잔을 날렸다. 민준은 다른 사람의 눈에는 자신의 행동이 유치하고 치기 어린 어린애 같은 모습 그 이상도, 이하도 아니라는 사실이 창피했다. 그래서 다시 화풀이할 돌멩이를 찾아 땅만 보며 걸었다.

"아, 지영이 미술 시작한 거 알아?"

"그래?"

갑자기 화제가 바뀌었지만, 딱히 관심이 가지 않았다. 하지만 세현은 평소와 달리 계속 조잘조잘 수다를 떨었다. 그제야 민준은 그것이 자신을 위한 배려임을 눈치챘다.

"그림을 잘 그리는 건 알고 있었는데, 그걸 감안해도 실력이 빨리 늘더라. 재능이 있었나 봐. 엄청 부러워."

"뭐가 부러워. 너도 수영에 재능 있잖아."

"뭐, 초등학생 때까지는 그렇게 생각했는데, 나는 그냥 노력형인 것 같아."

"어째 자랑하는 것처럼 들린다?"

그 말에 세현이 삐기는 듯한 표정을 지었다.

"하긴, 도중에 포기하지 않고 계속 노력하는 것도 재능이긴 하지."

"잘났군."

"고마워."

세현의 능청스러운 대답에 민준이 픽, 하고 웃음을 흘렸다. 그러고 나자 기분이 조금 풀렸다.

나란히 교문을 통과하던 두 사람은 익숙한 뒷모습을 발견했다. 세현이 앞에 가는 아이들을 향해 반갑게 손을 흔들며 외쳤다.

"지영아! 소민아!"

"뭐야, 왜 둘이 같이 와?"

소민이 짓궂은 눈으로 세현과 민준을 보며 일부러 "으흐흐" 하고 음흉하게 웃었다. 세현이 "오다가 만났어" 하고 대답했지만, 소민의 웃음은 멈출 줄 몰랐다.

"으흐흐, 오다가 만났구나아."

"야, 정소민."

민준이 자신을 놀리는 소민에게 대번에 눈을 부라렸다. 소민은 순진한 어린 양처럼 두 눈을 동그랗게 뜨더니 슬금슬금 뒷걸음질을 쳤다.

"왜? 나 별 말 안 했어. 그냥 오다가 만났냐고 한 것밖에 없는데? 민준아, 무슨 생각을 한 거야? 혹시이……?"

172

"너, 거기 딱 서."

"으아악!"

소민이 비명을 지르며 학교 건물 안으로 뛰어 들어갔다. 민준이 총알처럼 그 뒤를 쫓았다. 그 모습을 보며 세현이 고개를 절레절레 저었다.

"쟤들은 기운도 좋다. 피곤하지도 않나 봐."

지영은 말없이 웃기만 했다. 둘은 민준에게 잡혀서 헤드록을 당하는 소민을 보며 천천히 걸음을 옮겼다.

"야, 항복! 항복이라고!"

"그러게 누가 보자마자 헛소리하래?"

아침부터 학교가 시끌벅적해졌다.

오른발로 축구공을 툭툭 차던 남자아이가 하교하는 민준을 불렀다.

"서민준! 축구 하자."

막 교실을 나가려던 민준이 고민된다는 표정으로 생각에 잠겼다. 그러다 이윽고 고개를 끄덕였다. 할머니가 기다리고 있긴 하지만, 잠깐 정도는 괜찮을 것 같았다.

"그래, 좋아."

"민준이 너, 오랜만에 우리랑 축구 하지 않냐?"

"맞아. 너 요즘에 학교 마치면 쌩하니 사라졌잖아. 그래서 우린 무슨 일 있는 줄 알았어."

그제야 친구들이 민준에게 쌓인 서운함을 토로했다. 애들이랑 놀 기분이 아니었을 뿐인데. 민준은 이유를 설명하는 대신 적당히 핑계를 댔다.

"엄마가 워크숍에 가서서 집에 할머니가 와 계시거든. 같이 있어 드려야지."

"오오, 뭐야, 효자처럼?"

"그러게. 어른인 척하네."

"나 효자 맞거든."

왁자하게 웃으며 운동장으로 나간 아이들은 이내 편을 갈라 축구를 시작했다.

잠깐만 놀다 간다는 것이 하늘이 어두워지고 나서야 정신이 들었다. 민준은 땀을 닦으며 시간을 확인했다. 어느새 저녁 먹을 시간이 훌쩍 지나 있었다. 할머니한테 연락도 하지 않았는데. 허둥지둥 가방을 둘러멘 민준이 운동장을 달려가며 친구들에게 큰 소리로 인사했다.

"나 먼저 간다!"

아무것도 들지 않은 가방이 종잇장처럼 휘날렸다. 스마트폰에는 부재중 전화가 세 통, 메시지가 두 통 남겨져 있었다. 모두 할머니에게 온 것이었다.

민준은 할머니에게 전화하는 대신 걸음을 서둘렀다. 숨을 헐떡이며 겨우 집에 도착해 신발을 대충 벗어 던졌다.

"다녀왔습니다."

"왜 이렇게 늦게 왔어? 지금 시간이 몇 시인 줄 알아? 전화를 해도 안 받고. 무슨 일 생긴 줄 알았다."

할머니가 현관으로 나오며 기다렸다는 듯 잔소리를 쏟아 냈다. 분명 오는 길에는 할머니에게 죄송하다고 말해야겠다고 생각했는데, 막상 싫은 소리를 듣자 그 말이 나오지 않았다.

민준은 요즘 자신이 '반대로 병'에 걸린 것 같았다. 속마음과 반대되는 말을 하는 병. 치료약은 없다. 그래서 방으로 들어가며 퉁명스럽게 대꾸했다.

"친구들이랑 축구 하고 왔어요."

"전화라도 주지 그랬어?"

"다음엔 전화할게요."

방문이 쾅 소리를 내며 닫혔다. 너무 세게 닫힌 것 아닌가 하고 가슴을 졸이던 찰나, 할머니가 벌컥 문을 열었다. 그리고 곧바로 매서운 목소리가 날아왔다.

"민준아!"

"또 왜요? 그리고 아무리 할머니라도 노크 좀 해 주세요."

"노크고 뭐고, 너 엄마한테 전화 안 했지? 엄마가 걱정되지도 않아? 잘 있는지 궁금하지도 않고."

"엄마 워크숍 갔잖아요. 병원 사람들이랑 잘 있을 텐데 뭐가 걱정돼요?"

반대로 병에 걸린 민준은 일부러 더 쌀쌀맞게 대꾸했다. 그러자 할머니가 화난 표정으로 민준의 등을 때렸다. 짝 소리가 났다.

"아야! 왜 때려요?"

"워크숍은 무슨 워크숍! 네 엄마 지금 병원에 있다!"

"스읍."

등이 따끔했다. 손을 뻗어 보았지만, 하필이면 손이 닿지 않는 곳을 맞았다. 민준이 아픔에 몸을 뒤틀며 부루퉁하게 물었다.

"올해는 병원에서 워크숍을 한대요?"

"얘가 워크숍 타령만 하네. 네 엄마 대장암이래. 암 수술한다고 입원한 거야, 이놈아!"

일순 민준의 얼굴에서 표정이 사라졌다. 툭. 등을 헤매던 팔이 아래로 떨어졌다. 그리고 방금 무슨 말을 들었는지 모르겠다는 듯, 할머니를 향해 천천히 고개를 돌렸다. 할머니가 눈물을 글썽이며 말을 이었다.

"네가 걱정한다고, 너한테는 말하지 말라고 했는데……, 너 하는 거 보니까 괜한 생각이었다 싶다. 너는 제 어미한테 무슨 일이 생겼는지 궁금하지도 않은데 말이야. 이래서 자식새끼 키워 봤자 소용없다고 하는 건데."

"할머니, 방금 뭐라고 했어요? 엄마가 왜 암 수술을 받아요?"

그러고 보니 할머니의 눈두덩이 퉁퉁 부어 있었다.

"오늘 수술했다. 아까 중환자실에 있는 거 보고 왔어. 깨어날지 못 깨어날지는 두고 봐야 안다고 하더라."

"거짓말하지 마세요! 제가 늦게 왔다고 이러시는 거면……."

"이놈 자식아, 내가 거짓말을 왜 해? 보고만 있어도 아까운 내 딸을 두고."

"아, 그러니까 엄마가 왜 대장암인데요!"

민준은 버럭 고함을 질렀다. 머릿속이 새하얘져 할머니를 어깨로 밀치고 그대로 집을 뛰쳐나갔다.

"민준아!"

뒤에서 할머니가 부르는 소리가 들렸지만, 돌아보지 않았다. 그대로 숨이 턱에 찰 때까지 달렸다. 목적지도 없이 달리다 한참 후에야 우뚝 멈춰 섰다.

빵빵!

자동차 한 대가 길 한가운데 서 있는 민준에게 신경질적으로 경적을 울리며 지나갔다. 하지만 민준은 그 자리에서 꼼짝도 하지 않았다. 그제야 엄마가 입원한 병원이 어디인지 모른다는 사실을 깨달은 것이다.

익숙한 병원이었다. 엄마가 이십 년 동안 일하고 있는 대형 병원은 옛날과 달라진 게 하나도 없었다. 어릴 땐 종종 엄마를 따라오기도 했는데, 중학생이 되면서부터는 발길을 뚝 끊었다. 엄마보다는 친구들과 노는 게 더 재밌었기 때문이다.

늦은 시간이었지만 로비에는 환하게 불이 켜져 있었다. 환자복을 입은 사람이 링거가 달린 거치대를 밀면서 지나갔고, 지친 얼굴의 보호자가 한숨을 내쉬며 들어오기도 했다.

멍하니 서 있던 민준은 오래된 기억을 더듬으며 천천히 걸음을 옮겼다. 인적이 드문드문해지더니 이윽고 복도엔 민준만이 남았다. 복도 끝에 '중환자실'이라고 적힌 초록색 안내판이 보였다.

면회 시간이 지난 중환자실의 문은 굳게 닫혀 있었다. 사방이 고요했다. 불길한 적막에 심장이 덜컥 내려앉았다. 목이 바짝 조이고, 숨이 턱 막혔다. 소독약 냄새가 코끝을 찔렀다.

민준은 중환자실 앞에 서서 멀거니 안쪽을 들여다보았다. 언젠가 엄마를 따라 이 앞까지 온 적이 있다. 엄마가 중환자실 간호사로 근무할 때였다. 유리문 너머를 물끄러미 바라보던 엄마는 옅은 미소를 띤 채 입을 열었다. 한 손엔 차트를, 한 손엔 민준의 손을 꽉 쥐고서.

"여긴 삶과 죽음이 나뉘는 곳이란다. 다들 이쪽으로 돌아오기 위해 치열한 싸움을 하고 있지. 그러니 다시 돌아온 사람은 정말로 강한 사람이야."

"그럼 엄마는 천사야?"

"천사?"

"사람들이 살 수 있도록 도와주니까 천사지."

그 말에 엄마가 까르르 웃었다. 그러곤 어린 민준의 머리를 쓰다듬었다.

"그러면 좋겠다. 엄마한테 환자들을 모두 살릴 수 있는 능력이 있다면 정말로 좋을 것 같아."

짧은 상념에 잠겨 있던 민준이 주먹을 꽉 쥐었다. 그런데 왜 정작 엄마는 돌아오지 못하는 거냐고 묻고 싶었다. 그때였다.

"민준이니?"

낯선 목소리가 자신을 부르는 소리에 민준은 천천히 고개를 돌렸다. 고개를 갸웃거리던 간호사가 "맞네!" 하고 중얼거리며 반갑다는 표정을 지었다. 민준도 몇 번 본 적 있는 얼굴이었다. 몇 명 남지 않은 엄마의 동기라고 했던 것 같다.

"많이 컸구나. 긴가민가했는데 아직 어릴 때 얼굴이 남아 있네. 그런데 여기는 어쩐…… 아."

뒤늦게 이유를 알아차린 듯, 간호사의 표정이 어두워졌다.

"엄마를 만나러 온 거니?"

"정말로…… 우리, 엄마가, 여, 여기 있어요……?"

민준이 더듬더듬 말을 이었다. 목이 꽉 잠겨서 목소리가 제대로 나오지 않았다. 입을 여는 순간 울음이 터져 나올 것 같아서 눈물을 참는 것만으로도 힘들었다.

간호사는 그제야 민준이 엄마가 수술을 한 것을 모르고 있었다는 사실을 알아차리고 안타까운 얼굴이 되었다.

"엄마를 만나 보겠니?"

민준은 천천히 고개를 끄덕였다.

"따라오렴."

간호사가 먼저 걸음을 옮겼고, 민준이 그 뒤를 따랐다. 철옹성처럼 굳게 닫혀 있던 유리문이 스르륵 열렸다.

민준은 간호사가 건네준 가운을 입고 손 소독을 했다. 수십 개의 병상 위에는 이름도 알지 못하는 이들이 몸을 누인 채 기계에 의지해 호흡하고 있었다.

낯선 사람들 사이에서 익숙한 얼굴을 발견한 민준이 저도 모르게 그 자리에 멈춰 섰다. 익숙한 얼굴이 아니라, 세상에서 가장 낯선 얼굴이었다. 언제나 씩씩하게 웃던 엄마가 표정 없이 누워 있었다. 엄마가 아닌 것 같았다.

간호사가 민준의 어깨에 손을 올렸다.

"그럼 난 데스크에 있을 테니 천천히 인사 나누고 오렴. 네 목소리를 들으면 엄마도 힘이 날 거야."

민준은 침대 옆에 우두커니 선 채 엄마의 모습을 내려다보았다. 사방에서 기계가 삐삐거렸고, 코끝엔 죽음의 냄새가 떠돌아다녔다. 이런 곳에 엄마가 있다는 사실을 아직도 믿을 수가 없었다.

"엄마……."

민준이 가까스로 입을 열었다. 자신의 귀에도 들리지 않을 만큼 작은 소리였다.

"싸우고 있어?"

하지만 엄마는 듣고 있을 거다. 민준이 아무리 작게 투덜거려도 귀신같이 알아듣고 프라이팬을 휘두르며 방으로 달려오는 엄마니까.

"이기고 있는 중이야?"

주위엔 아무도 없었다. 아니, 사람은 많았지만 민준의 눈물을 알아차릴 이는 없었다. 다들 삶과 죽음의 경계에서 다시 돌아오기 위해 치열한 싸움을 하고 있기 때문에.

민준의 눈에서 눈물이 뚝뚝 떨어졌다.

"엄마 싸움 잘하잖아. 전에 고등학생 형이 길에서 친구 괴롭히는 거 봤을 때, 내가 무섭다고 그냥 가자고 했는데도 엄마가 그러는 거 아니라고…… 아들 같은데 어떻게 그러냐고, 그 형 불러서 혼냈잖아. 도망가던 형의 표정이 아직도 눈에 선해. 그러니까 이번 싸움도 이겨. 알았지?"

평소 민준은 이렇게 말이 많지 않다. 말이 많은 사람은 오히려 엄마다. 엄마가 세 마디 하면 자신은 고작 한마디 정도 할 뿐이었다. 그것도 "응"이나 "아니" 같은 단답형으로. 그럴 때면 엄마는 쓸쓸한 얼굴로 웃기만 했다.

그제야 민준은 말을 걸었을 때 대답이 돌아오지 않으면 얼마나 공허한 기분이 드는지 깨달았다. 그리고 엄마가 눈을 뜨면 소민만큼이나 수다스럽게 이것저것 얘기를 해야겠다고 다짐했다.

"……사실 소민이만큼은 힘들 수도 있어. 걔는 먹을 때 말고는 계속 말을 하고 있거든."

그러다 문득, 화가 났다.

"왜 나한테는 아무 말도 안 했어? 다른 사람은 다 알고 있었는데, 왜 나한테만 얘길 안 했냐고. 그러다 갑자기 엄마가 잘못되기라도 하면……."

거기까지 말하다 입을 다물었다. 섬광 같은 깨달음이 머리를 스치고 지나간 것이다. 화가 난 게 아니다. 무서운 거다. 엄마가 자신을 두고 떠날까 봐 겁이 난 거다. 어느 날 갑자기 돌아오지 않은 아빠처럼.

"엄마가 결혼 얘기 꺼냈을 때 화를 낸 것도…… 무서웠던 거였어. 나를 두고 떠날까 봐…… 내가 더 이상 엄마의 첫 번째가 아닐까 봐, 엄마한테 나보다 더 사랑하는 사람이 생길까 봐 겁이 난 거였어."

말을 하고 나자 감정의 형체가 더욱 또렷해졌다. 가끔 그럴 때가 있다. 막연하던 감정이 단어로 정의되고 나서야 형태를 갖추는 경우가. 사랑한다고 고백하고 난 뒤 비로소 이게 사랑이구나, 하고 깨닫듯이.

"미안해, 엄마."

민준은 흐르는 눈물을 닦을 생각도 하지 못했다. 그저 가만히 허리를 숙여 엄마의 손을 잡았다. 손가락 끝에는 플라스틱 기계가 끼워져 있었고, 언제나 따뜻했던 손은 싸늘하게 식어 있었다.

"내가 잘못했어⋯⋯. 그러니까 제발 눈 떠. 다시는 엄마한테 화내거나 짜증 부리지 않을게. 잘못했어. 엄마, 제발⋯⋯."

민준이 참지 못하고 엄마의 손등에 얼굴을 묻고 아이처럼 엉엉 울었다.

*

"⋯⋯잘못했어."

"민준아! 야, 서민준!"

세현은 민준의 어깨를 강하게 흔들었다. 김밥을 먹던 민준이 갑자기 멍한 표정으로 허공을 응시하더니 눈물을 뚝뚝 흘리며 잘못했다고 빌지 않는가. 김밥이 목에 걸리기라도 했나 싶어 등도 퍽퍽 때렸다.

"서민준!"

"어⋯⋯?"

민준의 눈동자에 겨우 초점이 돌아왔다. 눈을 몇 번 깜빡인 민준이 어리둥절해하며 세현을 쳐다봤다.

"네가 여길 어떻게 왔어?"

"어떻게 오긴, 밥 먹으러 왔지. 내가 너 데리고 왔잖아. 기억 안 나?"

세현이 걱정스러운 표정으로 물었다. 그러곤 냅킨을 건넸다. 민준은 그제야 자신이 울고 있다는 걸 깨달았다. '왜 울었지?'라는 의문이 들기도 전에 얼굴이 발갛게 달아올랐다. 세현 앞에서 눈물을 보였다는 게 민망했다.

"김밥 먹다가 엄마 생각이 나서 울 정도면 네가 먼저 죄송하다고 해."

비로소 민준은 모든 게 꿈이었음을 깨달았다. 아니, 꿈이 맞나? 밥을 먹다가 잘 수도 있는 건가?

"누가 울었단 거야? 사레가 들린 것뿐인데."

괜히 머쓱해져 일부러 퉁명스럽게 대꾸하는데, 데몬이 따뜻한 달걀국을 테이블에 내려놓으며 말했다.

"용서를 구할 기회가 언제나 있는 건 아니니까."

그 말에 민준의 눈이 대번에 뾰족해졌다.

"네가 뭘 안다고……."

화를 내던 민준이 멈칫하며 입을 다물었다. 중환자실에 누워 있던 엄마의 얼굴이 지나치게 생생했던 탓이다. 그래서 더 말을 잇지 않고 고집스레 달걀국만 떠먹었다.

'맛있어서 더 짜증 나.'

그러다 순간 미간을 팍 찌푸렸다.

"이게 뭐야?"

민준이 숟가락에 담긴 것을 빤히 쳐다보았다. 부드럽게 풀린 달걀 사이에 있으면 안 되는 것이 있었다. 데몬이 물어봐 주길 기다렸다는 듯 의기양양한 표정으로 웃었다.

"보통 달걀국은 새우젓으로 간을 맞추는데, 냉장고에 바닷가재가 있어서 좀 넣어 봤어. 캐비어와 트러플도 조금 넣었고. 어때? 고급스럽지?"

냉장고에 바닷가재가 왜 있는지는 둘째 치고, 이렇게 호화로운 달걀국은 처음이었다. 민준은 데몬의 시선을 슬쩍 피하며 입을 열었다.

"뭐, 맛은 나쁘지 않아. 배보다 배꼽이 큰 것 같지만."

"맛있다는 뜻이야."

옆에서 세현이 불쑥 끼어들었다. 민준이 입술을 삐죽이며 "내가 언제?" 하고 대꾸했다. 그러나 세현은 들은 척도 하지 않았다.

"얘가 솔직하지 못하거든. 이 정도면 엄청난 칭찬이야."

"그런 것 같네."

세현과 데몬은 마주 보며 씩 웃었다. 민준은 김밥을 입으로 가져가며 뚱한 표정을 짓다가, 이내 익숙한 김밥 맛에 가만히 시선을 내리깔았다. 이상하게 엄마가 무척 보고 싶었다. 어린아이 같지만.

"다녀왔습니다."

"민준이니? 엄마 오늘부터 야간 근무인 거 알지?"

막 나가려던 참이었던 듯 엄마가 허둥지둥 가방을 메며 현관으로 나왔다. 민준은 엄마가 신을 편하게 신을 수 있도록 한쪽으로 비켜섰다.

"카레 해 놨으니까 배고프면 데워 먹고. 갔다 올게."

"엄마."

"응?"

신을 반쯤 구겨 신은 엄마가 민준을 보았다. 민준이 손가락으로 엄마의 앞머리를 가리켰다.

"그거 하고 갈 거야?"

"뭘?"

더듬더듬 앞머리 쪽을 만지던 엄마는 곧 "어머" 하며 민망하다는 표정을 지었다. 머리를 말리면서 말아 두었던 헤어 롤러가 그대로 달려 있었다.

"이리 줘. 내가 갖다 놓을게."

"고마워."

엄마가 롤러를 건넸다. 그것을 만지작거리던 민준이 목에 걸린 가시를 빼내듯 툭, 하고 말을 뱉었다. 어려울 거라 생각했는데, 의외로 쉽게 흘러나왔다.

"내가 괜히 화내서 미안해."

"어?"

현관에서 이런 말을 들을 거라곤 생각하지 못했는지, 엄마의 얼굴에 당황한 기색이 역력했다.

"엄마가 결혼하는 게 싫었던 게 아니라, 결혼하고 나면 나 혼자 남을까 봐 무서웠던 거야. 엄마한테 나보다 더 사랑하는 사람이 생길까 봐."

그 말에 엄마가 씩 웃었다.

"그럴 리가 없잖니. 나한테 이 세상에 너보다 사랑하는 사람이 있을까?"

"그건 모르지."

"아니, 알아. 네가 태어나서 내 품에 안긴 그 순간부터, 나는 너를 가장 사랑하기로 마음먹었거든."

뜬금없는 고백에 민준은 머쓱해졌다. 쑥스럽기도 하고, 마음이 간지럽기도 했다. 뺨을 긁적이던 민준이 "지각하겠네. 빨리 가. 다녀오세요" 하고 인사했다.

"그래. 내일 아침에 보자. 먼저 얘기해 줘서 고마워."

그렇게 골을 내고 짜증을 부렸는데도 고작 사과 한마디 했다고 제게 고맙다고 하는 엄마가 이상했다. 어쩌면 엄마는 정말로 세상에서 민준을 가장 사랑하는지도 모른다.

엄마가 현관문을 열었다.

"아참!"

민준이 마침 생각났다는 듯 다시 입을 열었다. 그 소리에 엄마가 나가다 말고 뒤를 돌아보았다.

"엄마, 건강 검진 언제 받았어?"

"건강 검진?"

"응. 건강 검진이랑 암 검사 한번 받아 봐."

"갑자기 그게 무슨 소리야?"

"그냥 좀 받아 봐. 대장 내시경도 하고."

엄마는 농담이라고 생각한 듯 웃으며 손을 흔들었다.

"갔다 올게."

"농담 아니야. 꼭 받아 봐. 나를 생각해서라도."

혼자 남겨질까 봐 무서웠다던 민준의 말이 떠올랐는지, 엄마가 알았다고 대답하며 고개를 끄덕였다.

"다음 주 휴무 때 받아 볼게. 직원이라 빈자리가 있으면 바로 들어갈 수 있을 거야."

"응. 다녀오세요."

그제야 민준은 안심하고 손을 흔들었다. 온갖 짜증과 성질을 부려도 무겁기만 했던 마음이 이상하게 후련해졌다.

감정을 눌러 담은 유리병들

물 안에서는 아무 소리도 들리지 않았다. 마치 세상에 세현 혼자만 존재하는 것 같았다.

수영은 옆 레인 선수들과 경쟁하는 스포츠처럼 보이지만, 실은 자신과의 싸움이다. 다른 선수가 언제 들어오는가는 상관없다. 자신이 언제 결승점에 도착하는지가 중요하다. 세현은 그걸 너무 늦게 깨달았다.

한때는 경기에 나가는 게 너무 싫었다. 만년 오등이라서. 도저히 거리를 좁힐 수 없는 선수 네 명이 앞에 있어서. 대회 참가자 명단에 네 사람의 이름이 적혀 있으면 어차피 이번에도 오등일 텐데 굳이 나갈 필요가 있을까 하는 생각까지 들곤 했다.

"……."

첨벙거리는 소리마저 사라지고, 끝없이 고요한 적막이 세현을 둘러쌌다. 팔다리가 가벼웠다. 수영을 하는 게 아니라 그냥 물 위에 둥둥 떠 있는 것처럼.

문득 처음 수영을 시작한 날이 떠올랐다. 초등학교 3학년 때였다. 엄마는 행여 세현이 물에 빠지기라도 할까 뭍에서 전전긍긍하며 지켜보고 있었다. 세현은 일곱 명의 아이들과 함께 튜브에 몸을 맡긴 채였다.

그러다 튜브를 놓아야 하는 순간이 왔다. 강사님이 몸에서 힘을 빼라고 했지만, 그러지 못했다. 무서워서 저절로 힘이 들어갔다. 그럴수록 몸은 점점 더 물 아래로 가라앉기만 했다.

삐죽삐죽 울음이 새어 나왔다. 엄마에게 수영 같은 건 하고 싶지 않다고 말하려 했다. 이렇게 재미없는 건 처음이라고. 물에 뜨는 걸 포기한 세현이 엄마를 찾아 고개를 돌리는 순간, 몸이 둥실 떠올랐다. 그제야 불필요한 힘이 빠졌던 모양이다.

굉장히 이상한 기분이었다. 자신의 의지와 상관없이 물 위를 둥둥 떠다니는 것은. 창에서는 여름 햇살이 쏟아져 들어왔고, 햇빛을 받은 수면은 반짝반짝 빛났다. 세현은 천천히 발을 움직였다. 물장구를 치자 그만큼 몸이 앞으로 나아갔다. 팔로 물살을 가르자 좀 더 빠르게 움직였다. 그 순간의 짜릿함은 아마 영원히 잊지 못할 것이다.

어째서 갑자기 그날의 기억이 떠올랐는지는 알 수 없다. 저도 모르게 조금 웃었던 것 같기도 하다. 왜인지는 모르겠다. 숨은 턱

끝까지 차고 체력도 한계에 달했는데, 그냥 웃음이 나왔다. 그리고 마침내, 손가락이 결승점에 닿았다.

"하아."

참았던 숨을 뱉으며 물 위로 솟구쳤다. 그와 동시에.

"와아아! 이세현, 파이팅!"

세상의 소리가 확 하고 쏟아졌다. 고작 두 명의 목소리가 수영장을 뒤덮을 만큼 우렁찼다. 세현은 함빡 웃으며 응원석을 향해 손을 흔들었다.

차분하게 숨을 고르고 있는데, 전광판에 결과가 떴다.

1위: 3번 레인 1:58:59

2위: 4번 레인 1:59:03

"와아아아!"

또다시 함성이 터졌다. 아주 근소한 차이였다. 0.04초의 찰나. 그 순간을 비집고 마침내 세현이 일등을 차지했다.

세현은 믿을 수 없다는 얼굴로 다시 한번 전광판을 쳐다보았다. 3번 레인. 다시 보아도 그대로였다. 심지어 자신의 최고 기록을 경신했다. 마침내 자신과의 싸움에서 이긴 것이다.

"축하해. 열심히 했구나?"

아슬아슬하게 이등으로 들어온 나영이 손을 내밀었다. 세현은 그 손을 물끄러미 바라보다가 가만히 움켜쥐었다.

"응. 열심히 했어."

이제는 이 말을 당당하게 할 수 있다. 세현이 빙긋 웃는 나영을 보며 말을 덧붙였다.

"네가 있어서 더 열심히 할 수 있었어. 고마워, 나영아."

"나도 그래."

나영이 씩 웃으며 대답했다.

세현이 물 위로 나오자, 한 감독이 세현에게 커다란 타월을 둘러 주었다. 그리고 감격 어린 목소리로 "고생했다"라고 말하며 어깨를 톡톡 두드렸다.

"감사합니다, 감독님."

세현은 물기를 닦으며 응원석 맨 아래로 내려온 소민과 지영에게로 걸어갔다. 반 아이들이 단체로 응원을 왔던 지난 대회와 달리, 오늘은 그때만큼 큰 대회는 아니라 둘만 응원을 왔다.

"축하해, 세현아!"

"기어이 일등을 하는구나. 그럴 거라고 생각하긴 했지만, 진짜 대단하다."

세현이 쑥스러운 표정으로 대답했다.

"저번처럼 대단한 대회는 아니야. 그땐 전국 대회였지만, 이번엔 도 대회거든."

그 말에 지영이 단호하게 고개를 저었다.

"그게 무슨 상관이야? 네 기록을 경신한 게 중요하지."

소민이 고개를 끄덕였다.

"맞아. 이 정도 성적이면 전국 대회였다고 해도 네가 일등이었을 거야."

"고마워."

친구들의 칭찬이 싫지 않았다. 세현이 시원하게 웃자 소민이 들뜬 표정으로 두 사람을 돌아보았다.

"시상식 끝나고 축하 파티 하러 가자. 데몬이 하는 식당에 간 지 오래됐잖아."

그 말에 지영과 세현이 동시에 입을 꾹 다물었다. 지영은 혼자서 소고기뭇국을 먹으러 간 적이 있고, 세현은 민준과 둘이서 김밥을 먹으러 갔었기 때문이다.

"뭐야? 둘 다 왜 대답이 없어?"

"그래, 가자."

세현이 뒤늦게 고개를 끄덕였다. 민준과 악마의 레시피에 간 지도 벌써 한 달이 다 되어 간다. 오래되기는 했다. 그때를 떠올리다 마침 생각이 났다는 듯 지영을 보았다.

"너 오늘 미술 학원 가는 날 아니야?"

"괜찮아. 선생님께 친구가 중요한 대회에 나가서 응원하러 가야 한다고 미리 말씀드렸거든."

"고마워."

쑥스러워하며 "에헤헤" 하고 웃던 세현이 갑자기 소민의 어깨 너머로 놀란 시선을 던졌다. 응원석 뒤에서 민준이 걸어오고 있었다.

"축하해."

소민이 두 눈을 가늘게 뜨며 음흉하게 웃었다.

"민준이 네가 여긴 웬일이야? 요 며칠 학교에서도 안 보이더니."

"같은 반 친구가 경기에 나간다는데 응원하러도 못 오냐?"

"으으응. 그렇구나아. 같은 반 친구라서 그렇게 목이 터져라 응원을 했구나아. 네 목소리 때문에 귀가 떨어지는 줄 알았는데에."

소민이 말을 길게 늘리며 장난을 쳤다. 민준은 무슨 말을 하려다 입을 다물었다. 지영이 웃으며 그 사이에 끼어들었다.

"우리 오늘 세현이 축하 파티 하려고 하는데 같이 갈래?"

"어디에? 설마 악마의 레시피?"

"어? 네가 거길 어떻게 알아? 가 봤어?"

소민이 의아한 표정으로 물었다. 세현과 가 봤다고 대답하려던 민준이 그대로 입을 닫았다. 사실대로 말했다간 또다시 놀림을 받을 게 뻔했다. 민준은 하얀 얼굴에 새카만 머리카락을 한 어린 식당 주인의 얼굴을 떠올리며 이죽거렸다.

"그런데 너희, 데몬의 뜻이 악마라는 거 알고 있었냐? 식당 이름도 악마의 레시피고. 딱 중학생이 떠올릴 만한 콘셉트 아니야?

유치해.”

그 말에 소민이 제 험담이라도 들은 것처럼 즉시 반박했다.

“그래도 데몬이 우리보다 훨씬 대단해. 우리는 뭐가 되고 싶은 지도 모르고 학교에 가라니까 가고, 학원에 가라니까 가는데, 데 몬은 벌써부터 인생의 목표가 있잖아.”

“그게 뭐가 대단하냐?”

“너 질투하는 거지? 데몬이 잘생겨서.”

“질투는, 누가!”

민준은 정곡을 찔린 사람처럼 꽥 소리를 질렀다. 세현과 지영 이 동시에 웃음을 터뜨렸다. 겸연쩍은 표정으로 코끝을 찡그리던 민준이 “어쨌든!” 하며 말을 이었다.

“며칠 전에 지나가면서 보니까 식당 잘되나 보더라. 근데 나는 못 가. 저녁에 할머니랑 엄마 문병 가기로 했거든.”

민준을 놀리려던 소민이 당황해 입을 딱 다물었다. 왠지 엄숙 한 분위기가 흘렀다. 세현이 민준에게 조심스레 물었다.

“어머니가 편찮으셔?”

소민과 지영도 걱정스러운 얼굴을 했다. 민준은 쑥스러움을 감 추고 짐짓 대수롭지 않게 대답했다.

“응. 대장암 초기래.”

“뭐?”

“어떡해!”

소민과 세현이 깜짝 놀란 표정으로 두 눈을 동그랗게 떴다. 지영도 두 손으로 입을 막은 채 민준의 얼굴을 살폈다. 민준이 한 손을 저으며 얼른 설명을 덧붙였다.

"다행히 건강 검진으로 일찍 발견해서 괜찮대. 수술도 잘 끝났고, 순조롭게 회복하는 중이셔. 의사 선생님이 엄마 사정 봐서 수술 날짜를 빨리 잡아 주셨거든. 환자인데 간호사 선생님들한테 잔소리를 계속해서 선생님들이 엄청 힘들어하지만. 그래서인지 내가 가서 엄마를 말리면 고맙다고 간식을 주시더라고."

소민이 웬일로 진지한 표정을 지었다.

"그래도 건강 검진 때 발견하셔서 다행이다. 더 늦었으면 큰일 날 뻔한 거잖아. 우리 할머니는 아픈데도 병원에 안 가시겠다고 하는 바람에 너무 늦게 발견했거든."

"내가 엄마한테 받아 보라고 잔소리 좀 했어."

"네가? 갑자기? 왜?"

소민이 궁금하다는 듯이 물었고, 세현도 "그러게?" 하며 귀를 기울였다. 잠시 창문을 내다보던 민준이 농담처럼 얘기했다.

"그냥…… 그런 꿈을 꿨어."

"예지몽, 뭐 그런 거?"

소민이 고개를 갸웃거리며 재차 물었다. 민준은 대답 대신 가볍게 어깨만 으쓱였다. 그때 뒤에서 감독이 세현에게 소리쳤다.

"세현아! 옷 갈아입고 시상식 준비 해야지!"

"예, 감독님."

감독을 향해 뛰어가던 세현이 발걸음을 멈추더니 뒤를 돌아보았다.

"다같이 악마의 레시피에 가자. 잠깐만 기다려 줘. 민준이는 내일 봐!"

그러곤 힘껏 손을 흔들고 한 감독과 함께 라커 룸으로 달려갔다. 세 아이도 세현을 향해 손을 흔들었다.

세현, 소민 그리고 지영은 나무 그늘을 따라 종종종 걸었다. 여름방학이 코앞으로 다가와서인지 뙤약볕이 따가웠다.

"세현이 넌 진짜 대단한 것 같아. 한 가지 일을 그렇게 열심히 할 수 있다는 게 말이야. 나 같으면 연습하기 싫어서 매일 땡땡이 칠 궁리만 할 텐데."

"소민이 너도 아이돌 열심히 좋아하잖아. 지난주엔 라디오 스케줄 따라갔다고 하지 않았어?"

"응. 보이는 라디오였거든. 와, 그렇게 가까이에서 보는 건 처음이라 어찌나 떨리던지. 지영이는 미술 학원 가는 날이라 다른 친구랑 갔는데, 둘이 손잡고 벌벌 떨었잖아. 심장이 터지는 줄 알았어."

소민의 실감 나는 연기에 세현과 지영이 동시에 웃음을 터뜨렸다. 금세 정색한 소민이 말했다.

"하지만 그거랑 이건 다르잖아."

"뭐가? 난 수영을 좋아하는 거고, 넌 아이돌을 좋아하는 것뿐이 잖아."

"그래도…… 잘 설명할 순 없지만 다른 것 같아. 난 대회에서 일 등 같은 건 못 하니까. 재능이 있는 사람은 좋겠어."

부러움이 깃든 목소리에 바닥을 내려다보며 웃던 세현이 말할 까 말까 망설이다 천천히 입을 열었다.

"사실은 나, 얼마 전까지만 해도 수영을 그만둘까 고민했었어."

"뭐? 말도 안 돼!"

소민이 깜짝 놀란 표정으로 제자리에서 펄쩍 뛰었다. 지영도 마찬가지였다. "왜?"라는 물음에 세현은 담담하게 말을 이었다.

"중학생이 된 후에는 결승전에 올라가도 오등이 고작이었거든. 아무리 열심히 연습해도 오등밖에 못 하니까, 재능이 없다고 생 각했어. 수영은 내 양쪽으로 다 레인이 있어서 나랑 다른 선수들 실력을 비교하기가 쉽잖아. 특히 내 옆의 4번 레인은 늘 일등을 도맡아 하는 선수라 옆에서 쭉쭉 치고 나갈 때마다 점점 더 뒤처 지는 기분이 들었거든."

잠시 말을 멈춘 세현이 고개를 들었다. 소민과 지영이 충격 받 은 얼굴로 세현을 보고 있었다. 눈이 마주친 지영이 "조금은 알 것 같아" 하며 고개를 끄덕였다.

세현이 빙긋 웃었다.

"그러다 이건 다른 사람과의 경쟁이 아니란 걸 깨달았어. 끊임없이 남과 비교할 게 아니라, 내 기록에 집중해야겠다고 생각하게 됐어."

"와."

소민이 멍하니 입을 벌렸다. 뭐든 말을 건네고 싶은데 어떤 방식으로 꺼내야 할지 모르겠다는 얼굴이었다.

"사실은……."

그때, 지영이 조용히 이야기를 시작했다. 어디서 그런 용기가 생겼는지 모르겠다. 어쩌면 자신의 가장 약한 부분을 고스란히 내보인 세현의 용기가 옮은 걸지도.

"나, 너희를 질투했어."

"우리를? 왜?"

또 생각지도 못한 말을 들었다는 듯 소민이 충격 받았다는 얼굴을 했다. 소민에게 있어서는 놀라운 일의 연속이었다.

"왠지…… 두 사람이 더 친해 보여서. 나만 외톨이가 된 것 같았거든."

"아니야. 난 둘 다 친해!"

소민은 두 손을 저으며 반박했고, 세현은 대번에 미안하다는 표정을 지었다.

"나는…… 내가 나중에 끼어들어서 그렇지?"

"아니야. 너희는 잘못한 거 없어. 그냥 내 생각이 그랬던 거야.

내가 모르는 이야기를 둘이서 하고 있으면 나만 빼고 통화했나 싶고, 짝을 지어야 할 땐 괜히 눈치가 보여서 먼저 빠지게 되고."

"아."

소민이 언제를 말하는지 알겠다는 듯 눈매를 일그러뜨렸다.

"그러려고 그랬던 게 아닌데. 미안해."

"괜찮아."

지영이 다정하게 웃으며 대답했다. 등 뒤로 늘어진 그림자가 어느 계절보다도 짧았다.

"처음 나한테 말을 걸어 줬을 때부터 내가 소민이 너를 많이 좋아했나 봐."

"뭐야, 쑥스럽게."

"그래서 너한테 의지를 많이 했어. 너와 싸우고 싶지도 않았고, 미움받고 싶지도 않았어."

그 말에 소민이 그랬겠다며 고개를 끄덕였다.

"내가 뭘 물어봐도 넌 언제나 좋다고만 해서, 가끔 그게 답답하기는 했어. 어쩌면 싫은데도 나한테 맞춰 주는 건지도 모르겠다는 생각이 들기도 했고."

지영은 이렇게 솔직히 터놓고 얘기를 하는 날이 올지 몰랐다. 속마음을 있는 그대로 말하는 것은 생각보다 부끄러운 일이었지만, 걱정한 것만큼 어렵지는 않았다. 한 번 물꼬를 트자 봇물이 터지듯 속에 쌓여 있던 생각들이 줄줄 흘러나왔다.

"그런데 어느 날 그런 생각이 들더라. 내가 너라면 좀 지치고 부담스러울 거 같다고. 그리고 남들한테만 맞추다 보니까 나 자신이 뭘 좋아하는지도 잘 모르겠고. 소민이 넌 좋아하는 게 많잖아. 세현이도 수영을 좋아하고. 그런데 난 그런 게 없더라고. 그래서 내가 좋아하는 걸 찾아보고 싶었어. 미술을 시작한 것도 그런 이유야. 하다 보니까 정말 좋아지더라고. 응. 나 미술 좋아해."

소민이 지영의 얼굴을 물끄러미 쳐다보았다. 지영이 소민과 눈을 마주친 채 입꼬리를 한껏 당겼다.

"물론 소민이 너랑 세현이도 좋아하고."

"나도 너 좋아해."

"나도!"

세현이 질세라 끼어들었다. 소민이 세현과 지영을 번갈아 보며 입술을 삐죽였다.

"뭐야, 너희. 두 사람은 어른이고, 나만 어린애인 것 같잖아."

그러곤 두 주먹을 불끈 쥐었다.

"두고 봐! 나도 너희처럼 잘하는 걸 찾아 낼 테니까."

"넌 사람들이랑 친해지는 걸 잘하잖아."

지영의 말에 소민은 "그런가?" 하며 고개를 끄덕였다. 그러다 "어?" 하고 두 눈을 동그랗게 뜨며 손가락을 뻗어 어느 한 곳을 가리켰다. 지영과 세현의 시선이 소민의 손가락을 따라갔다. 곧 두 사람의 눈도 동그랗게 변했다.

"이게 어떻게 된 거야?"

소민이 멍하니 중얼거렸다. 데몬의 식당 앞에 줄이 길게 늘어서 있었다.

"민준이가 장사 잘된다고 했을 때도 안 믿었는데, 정말이었네? 얼마 전까지만 해도 손님은 우리밖에 없었는데. 진짜 이게 무슨 일이래?"

"그러게."

"그보다 얼른 줄부터 서자."

지영이 고개를 끄덕이자 세현이 대기 줄 맨 뒤에 자리를 잡았다. 바로 앞에는 대학생으로 보이는 여자 두 명이 서 있었다. 스마트폰을 들여다보던 단발머리 여자가 말했다.

"여기 맞아. 까마귀처럼 생긴 앵무새가 있다는 식당."

"말하는 까마귀 말이지?"

"앵무새일걸? 까마귀가 어떻게 말을 해?"

"그런가? 아, 머리핀 안 가지고 왔다. 나갈 때 꼭 반짝이는 걸 하나 놓고 가야 한다고 하던데. 안 주면 까마귀가 화낸대."

그 말에 가방을 뒤적이던 말총머리 여자가 반짝이는 단추 하나를 내밀었다.

"나 두 개 가져왔어. 자."

"고마워. 그리고 여기 셰프가 어린데, 음식은 보기보다 맛있대. 원하는 건 뭐든 만들어 준다던데? 그걸 먹고 나면 기분이 좋아진

다더라."

"기대된다. 빨리 우리 차례 되면 좋겠다. 삼십 분은 기다린 것 같은데."

"그러게. 아, 이거 봐봐. 여기서 먹은 사람이 SNS에 올린 사진인데, 돈가스 소스에 김칫국물이 들어갔대. 보기엔 이상한데, 먹어 보면 의외로 맛있다나 봐."

앞 사람의 말에 귀를 기울이던 소민이 고개를 갸웃거렸다.

"까마귀처럼 생긴 앵무새……? 그거 내가 쓴 리뷰인데."

그 말에 지영과 세현이 두 눈을 동그랗게 떴다.

"네 리뷰 때문에 손님이 많아진 거 아냐? 소민이 너, SNS 되게 열심히 하잖아. 팔로어도 많지 않아?"

"음."

허공을 보던 소민이 손가락을 하나씩 접기 시작했다.

"나 계정이 여러 개이긴 하거든. 아이돌 덕질하는 계정, 맛집 계정, 우리 학교 계정, 그냥 수다 떠는 계정 그리고 내가 좋아하는 작가님 덕질 계정. 다섯 군데에 다 올리긴 했는데."

그때, 웬 여자가 등장했다. 젖은 까마귀 털처럼 길고 검은 생머리에 검은색 트렌치코트를 입은 여자였다. 머리부터 발끝까지 온통 검은색이라 함부로 범접할 수 없는 분위기가 흘렀다.

소민이 자신을 스쳐 지나는 여자를 불러 세웠다.

"저기요!"

여자가 뒤를 돌아보았다. 눈빛이 매처럼 날카로웠다. 하지만 소민은 기죽지 않고 당당하게 말했다.

"여기 줄 선 거거든요? 새치기하시면 안 되죠."

그 말에 여자는 미간을 찌푸린 채 길게 늘어선 사람들을 보다가 다시 걸음을 옮겼다. 여자의 말이 바람에 날려 뒤늦게 세 사람의 귓가에 도착했다.

"난 밥 먹으러 온 거 아니야. 내 아들 보러 온 거지."

당황한 소민이 혼잣말하듯 중얼거렸다.

"아들……?"

지영과 세현이 차례로 대꾸했다.

"데몬 어머니이신가 봐."

"와, 되게 아름다우시다. 근데 엄청…… 무서워."

세현의 말에 두 사람이 동의한다는 표정으로 고개를 끄덕였다.

"작은 주인님, 튀김 우동은 대체 언제 나오는 거예요? 손님들이 기다리시잖아요."

"잠깐만! 최선을 다하고 있어!"

"하……."

한숨을 쉰 파주주가 주방에서 홀로 날아왔다. 그리고 바 테이블 위에 앉아 벌써 이십 분 째 기다리고 있는 손님들을 보았다. 젊은 여자와 남자로, 사귄 지 얼마 안 돼 보이는 커플이었다. 밖에서도 한 시간은 족히 기다렸을 둘은 사진을 찍느라 바빴다.

'한창 좋을 때군.'

자신이 나설 타이밍이다. 손님이 지루함을 느끼는 순간, 식당의 별점과 리뷰는 엉망이 될 터다. 파주주는 날개를 접으며 젊은 커플을 향해 말했다.

"우동이 나올 때까지 지루하지 않게 노래를 한 곡 부르겠다."

"어머, 정말 까마귀처럼 생긴 앵무새다."

"까마귀 아냐?"

"에이, 까마귀가 어떻게 말을 해?"

두 사람은 서로의 어깨에 기댄 채 알콩달콩한 분위기를 풍겼지만, 파주주는 신경도 쓰지 않았다.

"큼큼."

목을 가다듬은 파주주가 노래를 시작했다.

"세상은 악마가 지배한다, 꿱꿱."

"으아, 시끄러워!"

여자가 질겁하며 귀를 막았다. 남자도 미간을 찡그리더니 미심쩍은 목소리로 물었다.

"앵무새가 원래 노래를 못하나?"

"실례되는 소리! 이래 보여도 내가 한때는 잘나가던 가수와 영혼의 계약을……."

파주주가 날개를 펼치며 화를 내려는 찰나, 문이 열렸다. 하던 말을 멈춘 까마귀가 문 쪽을 노려보았다.

"아직 차례가 안 됐…… 헉!"

그러곤 그대로 석상처럼 굳었다. 때마침 데몬이 이마에 맺힌 땀을 닦으며 주방에서 나와 커플 앞에 쟁반을 내려놓았다.

"주문하신 튀김 우동 나왔습니다. 맛있게 드세요."

그러다 뒤늦게 굳어 있는 파주주를 발견했다.

"파주주, 무슨 일이야?"

그러나 파주주는 아무 말도 하지 못했다. 고개를 갸웃거리며 파주주의 시선을 따라가던 데몬의 턱이 절로 벌어졌다.

"어, 엄마……."

"주인님."

간신히 정신을 차린 파주주가 가게에 들어온 여자에게 대뜸 고개를 숙였다.

데몬의 엄마, 아자젤은 천천히 주위를 둘러보았다. 좁은 식당엔 주방 앞에 놓인 바 테이블이 전부였다. 여섯 개의 자리는 모두 차 있었고, 손님들은 행복한 표정으로 음식을 먹고 있었다. 데몬과 아자젤에게 시선을 주는 사람은 아무도 없었다. 두 악마와 한 마리의 까마귀는 마치 다른 차원에 있는 양 사람들의 시선에서 비켜나 있었다.

아자젤의 잇새에서 날카로운 질책이 흘러나왔다.

"편지 한 장 달랑 남겨 놓고 집을 나가다니 용기가 가상하구나.

할 만큼 했으니, 이제 돌아오거라. 아버지도 화가 많이 나셨다.”

데몬은 떨리는 마음을 숨기려 주먹을 꽉 움켜쥐었다. 그리고 결연한 표정으로 말했다.

“엄마, 저는 좀 더 이곳에 있고 싶어요.”

“돌아와서 후계자 수업을 받아야지. 그렇지 않아도 후계자치고 마력이 모자란…….”

아자젤이 말을 멈추고 두 눈을 가늘게 떴다. 지금쯤이면 마력이 떨어져 비실비실해야 할 데몬에게서 마력이 뿜어져 나오고 있었기 때문이다. 그것도 꽤 많은 양이.

당연한 말이지만, 후계자는 강해야 한다. 왕이 약하면 반란이 일어나기 마련이고, 그러면 마계는 혼돈에 빠질 것이다. 그렇지 않아도 소멸하는 악마 때문에 이미 위태롭지 않던가.

그래서 아자젤은 한층 더 데몬을 강하게 키우려고 노력했다. 아무리 후계자라고 해도 약한 악마는 다른 악마들의 타깃이 되기 쉬우니까.

‘그런데 언제 이렇게 강한 마력을 가지게 되었을까?’

아자젤의 시선이 식사를 하고 있는 손님들을 한 명씩 훑었다.

“우울, 좌절, 슬픔 그리고 죄책감…….”

식당엔 마력의 근원이 되는 부정적인 감정이 가득했다. 파주주가 고개를 조아린 채 간신히 입을 열었다.

“감히 제가 한 말씀 올리겠습니다. 작은 주인님께선 잘하고 계십니다. 인간은 누구나 부정적인 감정을 가지고 살아갑니다. 크거나 작거나 말이지요."

아자젤이 천천히 고개를 돌렸다. 아자젤과 눈이 마주친 파주주가 흠칫했다. 하지만 까마귀는 작은 주인을 위해 용기를 냈다.

"이곳에서 음식을 먹은 인간들은 부정적인 감정을 두고 갑니다. 그것이 작은 주인님의 마력이 되지요."

"고작 그 정도 양으로 무얼 할 수 있느냐? 악마는 자고로 인간의 영혼을 빼앗는 계약으로 존재를 유지하는 법이다."

"세상은 급변했습니다, 주인님."

"세상이 급변했다?"

"예. 옛날과는 다릅니다. 예전엔 영혼을 팔아서라도 악마와 계약을 맺으려는 인간이 줄을 섰습니다만, 지금 인간들은 대부분 저희의 존재를 기억하지 못합니다. 그래서 악마들의 마력도 점점 약해지고 있지요. 이러다간 종족의 멸망도 머지않았습니다."

"그래서 더 강한 후계자가 필요하다. 인간 세상에서 이런 소꿉놀이나 하고 있을 게 아니라 마계로 돌아가 후계자 수업을 받아야 한다는 말이다."

그때, 데몬이 말없이 등을 돌리더니 주방으로 들어가 무언가를 한 아름 들고 왔다. 잘그락잘그락. 유리가 부딪히는 소리가 났다.

아자젤의 시선이 유리병에 담긴 각양각색의 연기로 향했다.

"제가 먹고 남은 부정적인 감정들이에요. 이게 있으면 마력이 약해져서 소멸하는 악마들을 구할 수 있을 거예요."

아자젤이 두 눈을 크게 떴다. 그리고 새삼스럽게 데몬을 다시 바라보았다. 늘 자신 없이 고개를 숙이고 하고 싶은 말을 삼키기만 하던 데몬이 또렷한 눈빛으로 자신을 응시하고 있었다. 완벽한 후계자처럼.

아자젤의 눈동자가 다시 유리병 쪽으로 움직였다. 짙은 색의 열등감이 금방이라도 뚜껑을 비집고 나올 것처럼 거칠게 일렁이는 게 보였다.

데몬이 말을 이었다.

"한 사람에게서 큰 힘을 얻을 수 없다면, 여러 사람에게서 조금씩 나누어 받으면 돼요. 다행히 인간은 죽을 때까지 부정적인 감정에서 자유롭지 못하니, 손님은 끊임없이 생길 거예요."

자신감으로 가득찬 데몬의 얼굴을 보던 아자젤은 표정을 점차 누그러뜨렸다.

"그래, 정말 세상이 변한 것일지도 모르겠구나."

"엄마!"

데몬은 생각지도 못한 말을 들었다는 듯 두 눈을 크게 떴다. 방금까지 엄격한 표정을 짓고 있던 아자젤이 다정하게 웃었다.

"아버지는 내가 설득할 테니 걱정하지 말고, 네가 하고 싶은 일을 하거라. 실은 그 말을 하려고 왔다."

"엄마……."

데몬이 엄마의 품으로 달려들었다. 아자젤이 눈살을 찌푸렸다.

"후계자답지 못하게 이게 무슨 짓이냐."

그러나 데몬을 껴안는 팔은 그 어느 때보다 따스했다. 파주주는 그 모습을 보며 새카만 날개로 눈물을 닦았다. "크웅" 하고 코를 푸는 소리도 들렸다.

"어쩌면 네가 서서히 소멸해 가는 마계를 구할 방법을 알아낸 것인지도 모른다, 데몬. 넌 훌륭한 후계자야."

데몬은 눈물이 찔끔 나왔다. 언제나 엄하기만 하던 엄마에게 처음으로 인정받았다. 모자란 후계자가 아니라는 말을 들은 것만으로도 그동안의 설움이 눈 녹듯이 사라졌다. 자신의 능력으로 마계를 구할 수 있다면, 그 또한 다행이었다.

"그럼, 나중에 아버지랑 다시 오마."

아자젤은 짧은 인사를 남기고 떠났다.

"사장님, 김치 좀 더 주실 수 있으세요?"

"물론이죠, 손님."

빈 접시를 받아 든 데몬이 김치를 담아 도로 건네주었다. 손님이 머쓱하게 웃었다.

"튀김 우동에 김밥 튀김이 들어가는 건 처음 봤는데, 생각보다 맛있네요. 면과 밥을 한 번에 먹을 수도 있고요."

데몬은 전에 싼 김밥이 남아서 튀겼다는 말 대신 "감사합니다!" 하고 인사했다. 그때 끝자리에 앉은 손님이 일어섰다.

"여기 계산해 주세요."

"만 이천 원입니다. 언제든지 또 찾아 주세요."

데몬이 그 자리에 일렁이는 불안감을 보며 씩 웃었다. 파주주가 자리에서 일어나는 여자를 향해 말했다.

"갈 때 그 귀걸이는 놓고 가는 게 좋을 거야!"

까마귀의 협박을 농담이라 생각했는지, 여자는 까르르 웃으며 흔쾌히 귀걸이를 빼 검은색 벨벳 방석 위에 놓았다. 파주주는 곧바로 귀걸이에 뺨을 비비며 뒹굴기 시작했다. 그러다 마침 생각났다는 듯 나가는 여자의 등 뒤에 대고 소리를 질렀다.

"별점이랑 리뷰 잊지 말라고!"

손님 두 명이 나가고, 새로운 손님 두 명이 들어왔다. 데몬은 어느 때보다 씩씩한 목소리로 외쳤다.

"어서 오세요, 악마의 레시피입니다. 무엇을 주문하시겠습니까?"

정장을 쫙 빼입은 남자가 골목 앞을 지나다가 걸음을 멈추었다. 식당 앞에 늘어선 줄이 골목 밖까지 나와 있었던 것이다.

"아, 전에 생긴 그 식당이구나. 꽤 맛있나 보지?"

그때, 메시지가 도착했다는 알림이 울렸다. 스마트폰을 확인한 남자가 "으하하!" 하고 웃음을 터뜨렸다. 작은 화면에 뜬 '최종 합격'이라는 글자가 유독 선명하게 보였다. 긴 취준생 시절이 끝난 남자는 기분 좋게 대기 줄에 합류했다.

"오늘은 취직 기념으로 컵라면 대신 맛있는 것 좀 먹어 볼까."

한적한 주택가의 좁은 골목 끝. 그곳에 원하는 음식은 무엇이든 만들어 주는 식당이 있다. 까마귀를 닮은 앵무새가 있고, 보기와는 다르게 맛있는 음식이 나오는 식당이다.

악마의 레시피,

환상적인 맛의 세계로 여러분을 초대합니다!

작가의 말

지난 추석, 마침 아시안 게임이 개막해 가족들과 TV를 보며 우리나라 선수들을 응원했다. 이렇게 큰 대회가 열리면 없던 애국심도 치솟는 법이니까.

그때 중계되고 있던 경기가 수영이었다. 언제부터 우리나라가 수영 강국이 되었는진 모르겠지만, 어린 선수들이 속속 결승에 진출했다. 우리는 선수의 가족이라도 되는 양 손에 땀을 쥐고 발을 동동 구르며 결승 경기를 지켜보았다.

캐스터와 해설 위원은 우리나라 선수가 결승에 진출할 때마다 그들의 화려한 경력을 읊으며 금메달을 점쳤고, 그에 부응하듯 선수들은 좋은 결과를 거두었다. 그리고 나는 우리나라 선수들이 몇 위를 기록하든 아낌없는 박수를 보냈다.

그러다 문득, 이런 생각이 들었다. 결승에 진출한 선수들은 아마 초면이 아닐 것이다. 혜성처럼 등장한 신인이 아닌 이상 세계 선수권 대회나 기타 국제 대회에서 매번 마주쳤을 것이다. 서로의 기량과 성적도 누구보다 잘 알고 있을 것이다.

그렇다면 아시안 게임에 출전한 5위와 6위 선수들은 어떤 기분일까? 수상 후보로 거론되지 않는, 만에 하나 상위권 선수 한 명이 실수한다 해도 시상대에 서지 못하는 5위와 6위는 출발선에서 무슨 생각을 할까?

이 이야기는 여기에서 시작됐다. 그리고 글을 쓰면서 나만의 답을 찾았다. 일고여덟 명의 선수가 나란히 출발하는 수영은 남과 비교하기 딱 좋은 스포츠지만, 결국은 자신과의 싸움이라고. 진정한 경기는 자신의 레인 안에서 펼쳐지는 거라고 말이다.

아마 나의 또 다른 직업이 순위에 연연할 수밖에 없는 일이라 그런 생각이 들었던 것 같다. 그러니까 이 소설은 내 이야기이기도 하다. 이미 성장이 끝났어야 할 나이지만, 나는 아직도 성장 중인 모양이다.

……도대체 언제까지 성장할는지.

이 책을 읽는 청소년들이, 혹은 어른들이 펼칠 모든 레이스를 응원한다. 옆 레인에 신경 쓰지 않고 묵묵히 나아가다 보면 언젠가는 나의 결승점을 찍는 순간이 오지 않겠는가. 그러니 설령 정체된 것 같은 순간이 오더라도, 포기하지 않고 나아가기를.

마지막으로 재미있게 읽어 주셨다면 더 바랄 게 없겠다.

더불어 책에 나오는 요리는 모두 상상의 산물로, 어린이와 노약자가 따라 하는 일이 없기를 바란다.

악마의 비밀 레시피

© 부연정, 2024

초판 1쇄 발행일 | 2024년 4월 30일
초판 2쇄 발행일 | 2024년 10월 4일

지은이 | 부연정
펴낸이 | 정은영
편   집 | 전유진 최찬미
디자인 | 강우정
마케팅 | 최금순 이언영 연병선 송의정 성채영
제   작 | 홍동근

펴낸곳 | (주)자음과모음
출판등록 | 2001년 11월 28일 제2001-000259호
주   소 | 10881 경기도 파주시 회동길 325-20
전   화 | 편집부 (02)324-2347, 경영지원부 (02)325-6047
팩   스 | 편집부 (02)324-2348, 경영지원부 (02)2648-1311
이메일 | jamoteen@jamobook.com

ISBN 978-89-544-5041-6 (43810)